ベリーズ文庫

モテ系同期と偽装恋愛!?

藍里まめ

JN167503

STARTS
スターツ出版株式会社

目次

モテ系同期と偽装恋愛!?

モテ系同期と偽装恋愛!?

身を守るために

六月、オフィス二階の窓に目をやると、雨がシトシトと降り続いていた。

時刻は十二時十分。うちの会社では、昼休憩は各自のタイミングで取る。

空腹を感じた私は、そろそろお昼休みに入ろうかと考えていた。

雨の中、外に出るのは億劫《おっくう》だから、今日のランチは社食で済《す》まそう。

自席でノートパソコンに向かっていた私は、作業の手を止め、足元のショルダーバッグを探る。財布を取り出したところで、隣のデスクとの境にある電話が鳴りだし、受話器を取った。

「お待たせいたしました。マスコ化成《かせい》株式会社、ライフサイエンス事業部の横山《よこやま》です」

その電話は、取引先である大手化学メーカーからかかってきたもので、『担当の横山さんをお願いします』と言われた。

私も横山だが、相手が指名したのは同じ部署に所属する、別の男性社員。

あいにく彼は不在で、折り返し連絡することを伝えて受話器を置いた。メモ用紙に用件を書き込んで、小さなため息をつく。

横山くんへの伝言か……嫌だな、と心が素直な感情を抱く。

私ではなく別の女子社員が今の電話を取ったなら、きっと喜んだだろうに。

立ち上がり、壁際にあるホワイトボードの前に立つ。

そこには出張や外勤、フレックスタイム利用者の出勤予定時刻などが書き込まれている。横山くんの欄を見ると、昨日までインドに出張で、今日の出勤予定は十二時となっていた。

もう十二時過ぎているけど……。

もうすぐ出勤してくるだろうとわかったので、彼の机にメモ用紙を置いてから昼休みに入ることにする。そこに「紗姫《さき》、お昼行こう」と後ろから声をかけられた。

振り向くと、小柄でカフェオレ色のミディアムヘア、見た目がふんわり癒《いや》し系の女子社員が、薄ピンクの財布を手に、私に微笑《ほほえ》みかけていた。

彼女は浅倉桃香《あさくらももか》、入社六年目の二十七歳。見た目と違い、中身は竹を割ったような性格で姉御肌。私と同い年で同じ部署の同期だが、いつも私のメンタル面を支えてくれていて、頭が上がらない。

「桃ちゃん、ちょっと待って。お客さんから横山くん宛ての伝言を受けちゃって。メモ用紙、置いてくるから」

彼の席へと足を踏み出す。

広さ約百二十平方メートルのこの部屋全部を、うちのライフサイエンス事業部が使用している。一番奥に部長のデスクがあり、机五つを向かい合わせに並べた島が三つ。彼の席は私とは別の中央の島にあった。

出社予定時刻を過ぎてもまだ来ていないことに呆《あき》れながらも、いなくてよかったと安堵《あんど》する。彼とはなるべく話したくないので、メモを残すだけで済むならありがたい。しかし、彼の席へと歩きだした途端、ドアのほうから「おはよーございまーす」と明るい声がして、何歩も歩かぬうちに立ち止まった。

姿を見せたのは横山遼介《りょうすけ》、二十七歳。私と桃ちゃんの同期だが、主任ポジションの私たちと違い、彼は係長。

仕事がズバ抜けてでき、うちの部署のエースと言われているので、上に立たれることに不満はない。でも、私には彼が苦手な理由がほかにあり……。

海外出張の疲れも感じさせず、爽《さわ》やかで人当たりのよい笑顔を振りまく横山くんは、自分のデスクへと歩を進める。彼の登場に、周囲が一気に賑やかになった。

うちの部署の総員は三十一名で、そのうち二十代から三十代の社員が三分の二を占めている。各自の席で昼食を取っていた人や、まだ仕事中の人など、若手の男女合わせて十人ほどが、すぐに彼のデスクに群がってきた。

「遼介、待ってたよ〜。すっごく会いたかった〜」

そう言って、彼の腕にすり寄るのは、一年先輩の女子社員。

それに対して横山くんは「俺も会いたかったですよ」と笑顔を返している。

彼女に負けじとほかの女子社員たちも口々に甘えた声を出し、男性社員も彼の帰還を歓迎していた。

人気者の横山くんが長期出張から帰ると、大体いつもこんな感じ。

今日は一段と女子社員のアピールが激しいなと思いつつ、離れた位置から彼と取り巻きたちを眺め、桃ちゃんに向けてポツリと呟《つぶや》いた。

「横山くんって、総務の二年目の子と付き合ってるんだよね？」

うちの会社は若い社員が多いせいか、社内恋愛にオープンな気質で、特に注目を浴びやすい横山くんの色恋沙汰《ざた》は、興味のない私の耳にも入ってくる。

彼女持ちであるはずの彼が、ほかの女子社員たちと会いたかっただの寂しかっただのと、思わせぶりな会話をしていることが引っかかっていた。

首を傾げる私に、桃ちゃんは教えてくれる。

「総務の子とは、今回の出張前に別れたんだって」

「え、もう？」

少々驚いてしまったのは、前カノと別れた一週間後に総務の子と付き合いだしたと噂《うわさ》で聞いたのが、ほんのひと月ほど前のことだったから。

「まぁ、遼介だもん。いつものことでしょ。寂しいと言われたら、即お別れ。で、すぐに新しい女ができると」

桃ちゃんに呆れている様子はなく、ただ事実を口にしただけといった感じ。それから苦笑いして「人間的にはいい奴なんだけどね。遊び人と評価されても仕方ないかも」とつけ足していた。

うちの会社、マスコ化成株式会社は化学製品の原材料を海外から買いつけ、国内メーカーに卸す専門商社。七階建ての自社ビルで働く社員の数は四百名ほどで、業界第六位くらいの中堅企業だ。

私たちの部署は、ライフサイエンス事業部といって、洗濯洗剤やシャンプー、ボディソープ、芳香剤などの香料や保湿成分を主に取り扱っている。

その中で私は、それらの原料を取引先のメーカーに卸す仕事をしていて、横山くんは仕入担当。

彼はインドや東南アジア、中国への出張が多く、現地で価格交渉やお客さんの求める新しい香料などを見つける役割だ。だから出張が多い分、彼女に『寂しい』と言われることも少なくないみたい。

しかし、そのワードは彼にとってタブーらしく、一度言われたら『じゃあ、別れよう』という流れになるらしい。

彼女にしたら、あまりに極端な言動に驚き、薄情さに悲しくなることだろう。

「女の敵」と呟くと、桃ちゃんは少し笑った。

「遼介いわく、優しくしてるつもりらしいよ。フリーのときに告られたらOKしてしまうのも、寂しいと言われて別れるのも、思いやりだって」

ふーん……ただいろんな女の子と付き合いたいだけかと思ってたけど、違うのか。

彼には彼なりの理屈があって、交際したり別れたりを繰り返しているんだ。

そんなのは、優しさでも思いやりでもないと私は思うけれど、恋愛経験ゼロだから、私の意見が多数派である自信もない。

しかし、横山くんに対する私の苦手意識は、彼の恋愛観とは関係ない。そんなことより、彼と関わると、困った状況に陥るから嫌なのだ。

みんなに囲まれて、明るく笑う横山くん。キリッと男らしい眉《まゆ》の下には、甘い二重《ふたえ》の瞳。唇《くちびる》には大人の色気が漂っていると女子たちが噂しているが、笑うと垂れ目が可愛らしく、急に少年のような印象にもなる。

そんな彼の横顔を、離れた場所から眺めて考え込んでいると、桃ちゃんに言われた。

「紗姫だって、男の敵じゃない。うちの部署のお・ひ・め・さ・ま」

「そんなこと言わないでよ。桃ちゃんだけは、わかってくれてるのに……」

頬を膨らませて文句を言ってから、止めていた足を前に進めた。

横山くんは苦手。できることなら話したくないが、お客さんからの伝言を預かっているので、仕方なく近づいていく。桃ちゃんの前では少々気を抜いていた顔を引きしめ、三センチヒールのパンプスをわざとカツカツ鳴らして、人だかりの後ろに立った。

「すみませんが、通してもらえる？」

私のひと声で「紗姫さん！」と男性社員が一斉に振り向き、道を空《あ》ける。

女子社員も憧れのこもる視線を私に向けて、横山くんのそばから一歩下がって、場所を作ってくれた。

本当は気弱な私だけど、強い女を演じることは、もう十年近くになるので慣れている。いつものように強気な笑みを浮かべて、メモ用紙を彼に突《つ》きつけた。

「横山係長、先ほど葉王《はおう》本社の上田《うえだ》様から連絡がありました。用件は、ここに書いてある通りです。折り返す約束をしましたので、後はよろしくお願いします」

今まで取り巻きたちと愛想《あいそ》よく会話していた横山くんだが、私を前にすると、急に意地悪な笑みを浮かべる。

また絡まれる……そんな雰囲気を感じて、すぐにこの場を立ち去りたかったのに、彼はメモ用紙を受け取らずに話しかけてきた。

「お姫様に連絡係をやらせて、申し訳ないな～。それと何度も言うけど、横山係長って呼ばないで。同じ名字だし、同期だろ。〝遼介くん〟って、可愛く言ってみて？」

どうして同じ名字なのだろうと、つくづく残念に思う。

紛らわしいので、周囲の人たちは私たちを下の名前で呼ぶ。

それは別にいいとしても、彼を下の名前で呼ぶことを、私にまで求めないでほしい。

メモ用紙をなかなか受け取ろうとしないので、彼がお尻を半分乗せているデスクの上に置いた。

「同期といえど、一線を引いて接したいから、呼び方を直す気はないわ。横山係長、用件は確かに伝えました。これで失礼します」

桃ちゃんは少し離れた位置から、私の戦いを見守ってくれている。

私を唯一理解してくれる彼女と、早くランチに行きたい……。

しかし、クルリと背を向けて歩きだそうとしたら、横山くんに肩をつかまれ、ビクりとした。

「待ってよ、紗姫」

「気安く触らないで。呼び捨てもやめて」

肩にかけられた手に力がこもり、無理やり彼のほうに向かせられた。その手を払い落とし、十人ほどの輪の中で、彼と視線をぶつけ合う。

彼の目力に負けじと精一杯睨《にら》みを利かせる私だが、内心は怯《おび》えている。お願いだから私に絡んでこないで！と心の中で叫んでいた。

私は男性恐怖症と言ってもいいほど、男の人が苦手だ。小さな頃から美少女と呼ばれる私は、嫌でも男性の目にとまる容姿をしている。それは私にとって決していいことではなく、そのせいで灰色の青春時代を過ごさねばならなかった。

中学生のときは、友達の好きな男子に好かれてしまったことがきっかけで、女子グループを外されたし、高校生のときは同じ学校の男子からも、他校生からも告白ラッシュに遭い、本当に大変だった。

もともと気弱な性格なので上手に振ることができず、曖昧《あいまい》にかわし続けていたら、十股かけているという噂が立ってしまった。

ほとんどの女子から嫌われるし、真面目な男子から悪女呼ばわりされ、遊び人風の男子からは積極的に迫られた。待ち伏せされ、つきまとわれ、力尽くで交際を求められたり、電車内でチカンに遭うことも何度もあり……。

思い出しただけで胸が苦しくなる学生時代だが、そこから学んだことが今の私を守ってくれてもいる。

その学びとは〝高飛車な女を演じていれば、敵は生まれない〟ということ。

『あなた程度の男が、この私に近づいていいと思っているのか』という態度を取っておけば、大抵の男の人はアプローチしてこないから、女子からも敵認定されない。むしろ男に媚《こ》びない女性として一目置かれ、友達にはなれなくても、嫌われることはなくなった。

そんな風に、高慢な女を演じることで身を守ってきた私。多くの場合は上手《うま》くいくのだが、横山くんだけはほかの男性と違っていて……。

肩にかかった手を振り落としたのに、今度は手首をつかまれた。

「おおっ、さすが遼介！」と周りの男性社員は褒《ほ》めそやしている。

私に一目置いてくれる女子社員たちは、少々嫉妬《しっと》の混ざった視線を投げてきた。

マズイと内心焦《あせ》りだし、つかまれている右手が震《ふる》えそうになる。男性に関わると、ろくなことがない。特にモテる男は要注意。それが骨身に染《し》みている私は、過去の苦しさが脳裏に蘇《よみがえ》り、泣いて逃げ出したい気持ちになっていた。

でも泣くのは絶対にダメ。弱い素顔を見られてしまえば、つらい過去に逆戻り。自分の身を守るために、強気な態度を取り続けないと……。

怯える心を隠して「なによ、この手は」と、より一層睨んだら、「可愛くない女だよな」と彼に呆れたように言われる。

すると、ほかの男性たちが「社内一の美人に向かって、なに言ってんだよ」「お前の目は腐ってんのか?」と口々に嬉しくない擁護《ようご》をしてくれた。

「性格の可愛げのなさは、世界一。今から出張土産《みやげ》を配るから『待ってな』ってことだよ」

そう言い終えると、彼はやっと私の手首を解放する。

お土産……私にもくれるのかと意外に思い、態度が尖《とが》りすぎだったと少し反省。

横山くんは机の上に置いた紙袋の中から、ヒンディー語らしき文字の書かれた箱を取り出し、中に入っていた直径四センチほどの丸型チョコレートを配り始めた。

個包装されていないので、もらったらすぐに食べないと都合の悪いお菓子だった。

受け取った人たちが口に入れていくと……「なにコレ、辛っ!」と驚きの声があがった。

ニヒヒといたずらっ子のように笑う横山くんが、「唐辛子入りチョコだよ」と打ち明ける。

「浅倉もこっちにおいでよ」

離れた位置にいた桃ちゃんも呼び寄せられ、チョコを手渡されていた。

桃ちゃんは辛い物が苦手。癒し系の顔の眉間に皺《しわ》を寄せてチョコを見つめていたが、突然、隣に立つ後輩男子のネクタイをつかんで引っ張ると、その口に無理やり押し込んでいた。

「浅倉さん、ひどいっす」と文句を言いつつ、二個目の唐辛子チョコを飲み込んだ彼は涙目で、相当辛いということが伝わってくる。

桃ちゃんと後輩男子のやり取りに、周囲はドッと笑いに包まれ、そんな輪の真ん中にいる私だけは、笑いたいのを我慢《がまん》していた。

私も食べたい。その気持ちを表に出さないように気をつけて、澄まし顔をキープしつつ、配られるのを待っている。桃ちゃんと違って辛い物は苦手じゃないし、チョコレートは大好きだ。激辛チョコなんて食べたことがないので、ぜひ体験してみたいという好奇心に駆られていた。

横山くんが手に持つ箱の中に、あと二十個ほどのチョコレートが残っている。私以外のみんなはすでに受け取っているので、次は私の番。

内心ワクワクしながら待っていたのに、残りのチョコを数えた横山くんに言われた。

「部長と課長と不在の人に配ったら、ちょうど品切れだ。紗姫の分、ないや」

ニヤリと口の端を上げ、私の反応を窺《うかが》うように、じっと見つめてくる彼。

そんな……楽しみにしていた分、少なからずショックを受けた。本来なら非難のセリフのひとつでもピシャリと言い放つべきなのに、返す言葉も見つけられずに、いたずらっぽく笑う彼から視線を逸《そ》らした。

「お、おい遼介、紗姫さん相手になにしてんだよ……」

落ち込む私に代わって、男性社員のひとりが文句を言ってくれて、女子たちは「紗姫ちゃんにだけいつも冷たくない？」「気のせい？」とヒソヒソ囁《ささや》き合っている。

気のせいじゃない。横山くんは、いつも私にだけ冷たい。

そんな彼の言動を悲しむというよりは、困っていた。今みたいに横柄な態度を崩されそうになって、焦るから……。

改めて横山くんが苦手だと実感する。私に近寄ろうとする男性たちは、高飛車戦法でかわせると思っていた。それなのに彼には、交際を求められるのとは別の意味で通じないのだ。

余計に絡まれてしまうので、彼を狙っている女子社員たちから嫉妬の目を向けられ、かつてのようないじめに遭うかもしれない。

だから、私は男性の中でも特に彼が苦手なのだ。

横山くんは唐辛子チョコの箱に蓋《ふた》をしてから、うつむいた私の顔を覗《のぞ》き込むようにして聞いた。

「紗姫、欲しいなら『欲しい』と言いなよ」

「いらないわよ、そんな物」

「だよな～。お姫様に庶民の駄菓子は似合わないよな。有名パティシエ作の高級スイーツを食《く》わせてくれる金持ちの彼氏が、ウジャウジャいるだろうし」

違うのに……反論は心の中だけで、口に出すわけにいかない。

本当は恋をしたこともない私。でも、いい男たちとの恋愛経験が、さも豊富なように振る舞っている。あなたごときが私に近づいていいと思っているのかと、口に出さずとも態度で示しているのだ。

そうしないと自分の身を守れない。男性には近づいてほしくないから……。

嫌味たっぷりのひどい言葉を言われたのは、自分がしてきたことのツケが回ってきただけ。そう自覚していても、横山くんの言葉にしっかり傷つく弱い私がいた。

これ以上、この場にいたらダメだ。ボロが出てしまいそうな気がして、ひと睨みしてから彼に背を向け、歩きだした。

「紗姫さん、いつも遼介がごめんね」と、なぜか彼以外の男性社員に謝られる。

その言葉に応えることができずに、私はカツカツとヒールを鳴らして、ライフサイエンス事業部のドアから出ていった。

すぐに桃ちゃんが追いついてきて、彼女にも謝られた。

「そういえば、紗姫はチョコ大好きだったよね。ごめん、私がもらったやつ、あげればよかった」

「ううん、チョコはもういいよ。今度、唐辛子入りのチョコを自分で作って、食べてみるから」

そう言うと、桃ちゃんは笑ってくれて、それから渋い顔で横山くんのことを話す。

「許してやって。遼介は意外と不器用なんだ」

桃ちゃんと横山くんは、同期として仲がいい。桃ちゃんには長く付き合っている彼氏がいるし、お互いに恋愛感情は湧かないらしいけれど、会話をしている姿はときどき見かける。

私は行かない同期会や若手社員たちの飲み会にも、ふたりは積極的に参加して語り合う仲のようだ。

私より遥かに彼に詳しい桃ちゃんが言うなら、一見なんでも器用にこなす横山くんにも、不器用な面があるのかもしれない。でも、その後に続けられた「紗姫のことを嫌いなわけじゃないし」という発言は、否定したい。

だったらどうして、私にだけ冷たいのか……。

横山くんの印象をほかの人に問えば、きっと『カッコいい』『優しい』『頼りになる』『楽しい』『期待のエース』などの、いい言葉しか返ってこないだろう。モテすぎるがゆえに、一部で『遊び人』と言われることもあるけれど。

総合して評価の高い好青年の彼が、私にだけからかうように絡んでくる理由は、〝高慢な女が嫌いだから〟という理由しか思いつかない。桃ちゃんの言葉はすべて正しいと思いたいが、これに関してだけは首を傾げた。

しかし、桃ちゃんは横山くんについて、それ以上の情報を与えてくれない。「今日の定食なんだろう？」と会話を逸らすから、私も彼について考えるのをやめて、階段を下りていった。

一階の社員食堂に足を踏み入れると、予想していた通り混雑していた。

天気がいい日は、迷わず外の店に食べに行く。そのほうが素顔を出すことができて、楽だから。でも、今日みたいな雨の日は仕方ない。桃ちゃんを濡《ぬ》らしてまで外に行きたいとは思わなかった。

約六十人を収容できる社員食堂は、すでに三分の二ほどの席が埋《う》まっていた。

私が中に入っていくと、食事中の男性社員たちがチラチラと視線を向けてくる。なんとなくいやらしさを感じるけれど、気にしないように食券販売機に並んでいたら、後ろから肩をトントンと叩《たた》かれた。

「ライフサイエンス事業部の横山紗姫さんですよね。うわ〜、綺麗だな〜。食券なら僕が買っておきますから、どうぞ席に座っていてください」

短めの黒い髪と丸い鼻、スーツ姿がまだ板についていないような彼は、きっと二十代前半。

人懐っこい笑顔で話しかけられても、私は彼を知らなかった。名前も顔も知らないということは、入社したての他部署の一年生なのかもしれない。

声をかけてきた彼の隣には、同じく見覚えのない若い男性社員がいて、「バカ、なに気安く声かけてんだよ！」と、小声にならない囁き声で叱りつけていた。

焦り具合や発言から、おそらく彼は私の高慢ぶりを聞いているのだろう。声をかけてきたほうの彼は、それを知らないのか、それとも怖いもの知らずなだけなのか。

食券を買ってあげるという申し出を「結構よ」と冷たく切り捨て、背を向けた。すると「噂通りだな」という小声が後ろから聞こえて……わかっているなら話しかけないでほしいのにと、心の中でそっと呟いた。

混み合う昼どきの社食で、窓際のふたり用テーブルがタイミングよく空き、そこに桃ちゃんと向かい合って座る。

男性社員と相席になる恐れのある、大きいテーブル席には、なるべく座りたくない。ひとまず安心できる席を確保できたことに、ホッとしていた。

私は冷やし中華で、桃ちゃんはアジフライがメインの日替わり定食を選んだ。

ツルツルと冷たい麺《めん》を啜《すす》りながら話すのは、昨日観た恋愛ドラマについて。男性は苦手でも美的感覚は正常なので、画面の中の俳優をカッコいいと感じるし、自分のことじゃなければ恋の話も楽しめた。

おしゃべりしながら食べ終えて、椅子から立ち上がる。

テーブル横の窓の外は相変わらず雨が降り続き、徐々に雨足が強くなっているようだ。サアサアとアスファルトを打つ雨音が、屋内にまで聞こえていた。

「帰る頃にはやんでくれないかな」と桃ちゃんが言ったとき、ビニール傘を差した男性が目の前の道路を走り抜けた。

点滅信号の横断歩道を渡るその後ろ姿に、見覚えがあった。

毛先を少々遊ばせたストレートのダークブラウンの短髪に、引きしまった細身の体《たい》躯《く》と長い足。人気俳優並みのルックスを持つ彼は……横山くん。スーツのジャケットは脱いでいて、白いワイシャツの肩や袖《そで》が濡れている。

どこへ行くのかと目で追っていたら、彼は横断歩道を渡った先の、一軒の店に入っていった。

うちの会社の前には二車線の道路が走っていて、道路を挟んだ斜め向かいに、こぢんまりとしたパン屋がある。イート・イン・スペースはないけれど、買ってきて社内で食べる人もいるし、私は会社帰りに立ち寄り、朝食用のバターロールや菓子パンをたまに購入する。

桃ちゃんも横山くんに気づいて「あいつ、なにやってんのよ」と呟いていた。昼出社して、すぐにパンを買いに行くことがおかしいからだ。

普通は昼食を済ませてから来る。食べる時間がなかったとしても、通勤途中で買ってくるべきで、出社してすぐに昼休憩に入ろうとしている彼は、自由な人だと思う。

呆れながら、パン屋のドアを眺めていたら、他部署の女子社員に話しかけられた。

「そこ、空きますか？」

満席に近い社食では、食べ終えたらすぐに席を立つのがマナー。

「すみません」と謝り、トレーを手に、急いでその場を後にした。

食堂を出ると、たいして歩かないうちに、また声をかけられる。

「紗姫さん、今、話せますか？」と笑顔で近づいてきたのは、さっき券売機の前で声をかけてきた新人らしき男性社員。

今度はひとりで、連れはいない。ニコニコと邪気のない笑顔を向けてくるけれど、下心があるのはわかっている。こういう場面は幾度となく経験してきているから。

「仕事に関する話なら聞くけど、それ以外はお断り」

困るセリフを言われる前に引いてほしいので、露骨に嫌そうな顔をしてみせた。

しかし、彼にダメージは与えられなかったみたいで、「新人の相談に乗るのも、仕事じゃないですか～」と笑って流される。

その後には予想通りと言うべきか、「今度飲みに行きませんか？　そちらの癒し系の先輩もご一緒に。僕も男友達をひとり連れていきますので」と誘われた。

ここは昼どきの社食の前。周囲にはたくさんの人たちが行き交い、興味本位の視線が投げかけられる。

注目されることに慣れてはいても、それを嬉しく思ったことは一度もない。いつも逃げ出したい気持ちになるだけだ。

「場所を変えよう」と桃ちゃんが言ってくれて、廊下の角を二度曲がり、一階奥の突き当たりまで移動した。後はどうぞというように、桃ちゃんは半歩下がり、私だけが彼と対峙《たいじ》する。

「この私を誘うなんて、いい度胸ね。答えは〝ノー〟よ。私にとって、メリットゼロだもの。それくらい説明しなくてもわかってほしいけど」

パンプスを床に打ちつけ、わざと大きな音をたてると、彼は一瞬、目を見開いて怯《ひる》んだ。

今までいろんな男性たちから誘われるたびに、似たようなセリフを言ってきた。両手を腰に当て、顎《あご》先を少し上向きに、どうすれば男性の気持ちを折ることができるのかを知っている。高圧的な演技は、今やぎこちなさなど微塵《みじん》もない、完璧な仕上がりだと思うけど、心だけはついていかなくて……。

こんなのは私じゃないし、相手を傷つけてしまうのは申し訳ない。それでも身を守るためには、このキャラを貫かないと。

お願いだから、これで諦《あきら》めて……そう願って、とびきりキツイ態度を取ったつもりなのに、彼はにこやかな笑みをすぐに取り戻し、またしても食い下がってきた。

「飲みに行くくらい、いいじゃないですか。別に『付き合って』と言ってるわけじゃないですよ。あ、付き合ってほしい気持ちはあります。紗姫さんを彼女にできたら、自慢になるな〜」

「バカ言わないで。あなたが私を満足させられるわけがないでしょう」

「そんなの付き合ってみないと、わからないじゃないですか。僕、一生懸命、頑張りますから！」

両手を握りしめ、小ぶりな目をカッと見開き、やる気を見せてくる彼。この人はきっと、なにを言われてもめげないタイプなのだろう。厳しい面接官の嫌味な質問にも、こうして、やる気をアピールすることで、就職活動を乗り切ったのではないかと想像できる。

ここまでしつこい男性は久しぶりで、鋭い視線を向けつつも、内心では焦っていた。

私と彼の距離は一メートルといったところ。これくらいの距離があれば、なんとか平静を保てるが、あと半歩近づかれると泣きたくなるだろう。

不遇な学生時代に出会った強引な男子たちのせいで、近づかれることに恐怖を感じてしまう。満員電車も苦手なので、住まいも会社から徒歩圏の賃貸マンションを選んだ。仕事上、取引相手の男性と握手することも当然あるが、作り笑顔の裏側では青ざめていて、背中には冷や汗が流れている。

そんな私なので、しつこい彼との距離をこれ以上縮めたくないけれど、ここで終わりにするために、ありったけの勇気を奮い起こした。

両手で彼の肩を強く押し、壁に押しつける。それから右腕を彼の顔の横に突き立て、左手でネクタイをつかんで引っ張り、顔の距離を十五センチまで近づけた。

「さ、紗姫さん、苦しいです……」

ネクタイで首が絞まっているから、当然だ。

でも、私も苦しい。拭《ぬぐ》い切れぬ男性への恐怖心に心臓がバクバクと嫌な音をたて、本当は今すぐ泣いて逃げ出したい。怖《お》じ気づきそうなその気持ちを強い意志で押し込めて、自己防衛のために攻撃を続けた。

「私を満足させるために、一生懸命、頑張ってくれるというのね？　じゃあ、やってみなさいよ。今、ここで。ただし、私が不快に感じた時点で終わりよ。二度と話しかけないで」

ネクタイをつかむ左手にさらに力を加えると、彼は苦しげに呻《うめ》いて、やっとギブアップしてくれた。怯えた顔で「すみませんでした」と謝り、バタバタと足音をたてていなくなる。

まだ壁に向かったままの私は、肩で大きな呼吸を繰り返していた。ネクタイをつかんでいた左手がフルフルと震え、それを止めようと右手で握りしめたのに、止まるどころか右手にも震えが伝染していた。

後ろでドアの開く音と、桃ちゃんの声がする。

「紗姫、ここ誰もいないみたいだから、とりあえず入ろうか」

ここは備品保管庫で、コピー用紙や新品のファイル、筆記用具などの事務用品がストックされている。庶務課の人がたまに来るくらいで、社員は滅多に立ち入らないだろう。

促されて備品保管庫に入り、ドアを閉めると、「お疲れ様」と桃ちゃんに言ってもらえた。その途端、緊張と恐怖から一気に解放されて、涙が溢《あふ》れる。

「桃ちゃん、怖かったよ〜」

身長百六十三センチの私が、百五十センチそこそこの小柄な彼女に抱きついて、子供みたいにしゃくり上げ、泣いてしまった。

桃ちゃんは、ヘアクリップでひとつに束ねた私の長い髪を撫《な》で、背中も撫でて慰《なぐさ》めてくれる。

「よく頑張った。本当は弱くて泣き虫の、紗姫なのにね」

入社六年目ともなれば、社内の男性たちからのアプローチは、かなり減ったように思う。噂が、新人以外には知れ渡っているので。

入社一年目のときは毎日が本当に大変で、唯一、素の私を知っている桃ちゃんに、何度慰めてもらったかわからないほどだった。

どうして彼女だけが私の本性を知っているのかというと……バレたからだ。

入社したてで、まだオリエンテーションを受けていたときの話。指導役の男性社員からのアプローチがしつこくて、私は必死に高飛車戦法でかわしていた。しかし、社会人になっても学生時代と同じなのかと思うと悲しくて、給湯室に逃げ込み、泣いてしまったのだ。それを桃ちゃんに見つかって……。

あのときはマズイと焦ったけれど、こうして私を理解してそばにいてくれるから、今ではバレてよかったと思っている。桃ちゃんがいるから、会社に来るのは嫌じゃない。ランチや他愛《たわい》ないおしゃべりなど、楽しいと感じる時間もたくさんあるから。

涙が収まってから、備品保管庫を出て、二階のライフサイエンス事業部に戻った。

思いっ切り泣かせてもらったおかげで、たまっていたストレスが抜け、なんだかスッキリしている。

午後の仕事は頑張れそうだと前向きな気持ちで自分のデスクに向かい、椅子を引く。

すると、座面の上に、持ち手のない小さめの茶色い紙袋が置いてあった。

なんだろう、これ……。

首を傾げながら手に取り、椅子に座って口を開いてみた。

すると、中から甘い匂いが——。

取り出して見ると、ビニールに包まれたパンで、チョココロネとダブルチョコレートマフィンだった。

会社の斜め向かいにある、パン屋の商品だと見てわかる。あのパン屋に立ち寄った際には、このふたつを必ず買っているから。

私の大好物を、誰かが差し入れてくれたのだろうか?

キョロキョロと周囲を見回しても、視線の合う人はいない。

一体、誰だろうと考えて、社食の窓から見た横山くんの姿を思い出した。

雨の中、出社してきたばかりでパン屋に走る彼を、不思議に思っていたが、もしや私にくれるためだったのでは……。

そう思うと驚きだが、すぐにそれを否定するエピソードを思い出す。

インド出張のお土産の唐辛子チョコを私にだけくれなかった。嫌味な言葉も言われたし、私のことを嫌いな彼がそんなことをするはずがない。

今まで私を誘ったことのある、男性の誰かだろうと思い直す。パンは嬉しいけれど、これをきっかけにまたアプローチされるのは困る。

手にしたパンを今は食べずに、紙袋に戻そうとすると、中にまだなにかが入っていることに気づいた。

半紙のような白い紙に包まれた、薄くて丸い物。それを取り出してカサカサと紙を開くと、中身は布張りのコンパクトミラーだった。

花とつる草模様のエスニックな柄は、いかにもインドっぽいイメージ。真ん中に象のシルエットがあしらわれていて、色が淡いピンクで可愛らしさもある。そっと開けて鏡の部分を見ると、付箋《ふせん》がくっついていて……。

『仕方ないから、特別にあげる』

贈り主の名前が書かれていなくても、右上がりの力強い筆跡は横山くんのものだとわかる。なにより、インドに出かけていたのは彼ひとりだから、もう間違いない。

でも、どうして私に？

一瞬、あげるべき相手の席と間違えたのかと思ったが、新人でもあるまいし、席替えもしていないのでそれはないだろう。

横山くんは私のためにコンパクトミラーを買ってきて、大好物のチョコパンまでつけてくれた。

一体、なにを企んでいるのか……。

彼の席はここから斜めに六メートルほど離れており、間には通路ひとつと机が五つほどある。

目の前に立ててあるファイルと、向かいの席のパソコンの隙間《すきま》から斜め前を覗き見ると、仕事をしている彼の姿が少しだけ見えた。受話器を耳に当てて通話しながら、右手をキーボードの上でせわしなく動かしている。

彼のデスクはこっち向きだが、顔は物陰に隠れて見えない。

思わず椅子から腰を浮かせたら、受話器を置いた彼が同時に立ち上がり、視線がぶつかってしまった。

心の中で『あっ』と声をあげ、目が合ったことに驚く私。

横山くんも同じように、意表を突かれた顔をしている。

先に目を逸らしたのは私で、慌てて椅子に座り直し、ノートパソコンの陰に隠れた。

それから一拍置いて、恐る恐る物陰から覗き見ると、彼はなにかの書類を手に、斜め後ろにいる男性社員と仕事の話をしているみたい。

ホッと胸を撫で下ろしつつ、机の上のコンパクトミラーとチョコパンに困っていた。どういうつもりでくれたのかわからないけれど、お礼を言ったほうがいいよね……。直接声をかけるのは、いろいろと問題がある。付箋には『特別にあげる』と書かれていたから、コンパクトミラーはほかの女子社員にはあげていないのだろう。

私だけ特別扱いされたことを知られたら、横山くんを狙っている女子たちに嫌われそうだ。椅子の座面に隠すように置いてあったということは、横山くんだってこのことを周囲に知られたくないはず。

それに、特に横山くんが苦手な私としては、できるだけ接近したくないわけで……。考えた結果、メールでお礼を伝えることにした。私的なアドレスは知らないので、社用のアドレスに宛てて【ありがとうございます】とひと言だけのメールを送信する。

コンパクトミラーの布の色合いや、象のシルエットに惹かれたこと、大好物のパンを差し入れてくれて嬉しかったことなどは書かない。私は高慢な女なのに、喜んでいると思われては困るから。

再び横山くんの席をチラリと覗き見ると、後ろの社員との会話を終えて、今は机にまっすぐに向かっていた。

そのうちメールチェックするだろうと思い、送信欄を閉じようとしたら、早くも彼から返信が来た。

【それだけ？　普通、ほかに言うべき言葉があるよね。わ～素敵とか、嬉しいとか、遼介くん大好き！とか】

私が絶対に口にしない言葉が並べられているのを見て、そういうことかと納得した。どういう風の吹き回しだろうと思ったが、彼は私をからかいたいだけのようだ。これもいつもの絡みの、延長線にあることなのだろう。

小さなため息をついて【からかわないで】と返事をする。すぐに戻ってきたメールには【可愛くない姫だな】と、意地悪な言葉が綴《つづ》られていた。

『可愛くない』と言われたのは、今日二度目。今までも横山くんにだけは何度も言われてきた。

美人と言われる私だが、自分ではそう思わないから怒りは湧かない。

横山くんには、彼に恋して近づく可愛い女子がたくさんいるのだから、彼女たちだけを相手にしていればいいのに。私なんかに、構わなくていいから……。

返信しないでいると、【怒ったの？】というメールが来た。それも放置したら、次は【ごめん】と……。

怒っているのではなく、どう返事をするべきかわからず、困っているだけだ。

男性への対処法を知らずに、泣いて過ごした学生時代。あの頃と違い、今は平穏な日々を過ごしているのに、彼に関わると、それを崩されそうで怖い。

紙袋にパンとコンパクトミラーを戻して、足元のバッグにしまった。ノートパソコンを閉じ、引き出しから書類を入れたクリアファイルを出して、立ち上がる。

これを総務に提出しないと。別に今じゃなくてもいいのだけど。

背筋を伸ばし、澄まし顔でドアに向かって歩く私。その背中に、誰かの視線が注がれているのを感じていた。

会議室にふたりで

不鮮明な意識の中、私はどこかを歩いていた。

ふと立ち止まって周囲を見回すと、左には掲示物の貼られた壁、右には水飲み場、足元には白い床がまっすぐに延びていた。

ここは……通っていた中学校の廊下だ。私はなにをしようとしているのだろう？

状況を上手く把握できない私は、『とりあえず次の授業が始まる前に、教室に戻らなくては』と考える。

自分のクラスのドアをガラリと開けると、教室内には仲良しの女子三人しかいなかった。

集まって座っている彼女たちのそばに寄り、『ほかのみんなは？』と聞いたのに、答えではなく『どういうつもり？』とアヤに聞き返された。

なぜか怒っているようなアヤに戸惑《とまど》う。

『え、なにが？』と質問を重ねると、涙目のユウが机をバンと叩いて立ち上がった。

『小林《こばやし》くんを盗《と》らないでよ！　私が好きなの知ってるくせに』

ユウがサッカー部の小林くんを好きなことは、一年生のときから知っている。でも『盗らないで』と言われた意味がわからない。私は小林くんのことを好きでも嫌いでもないし、ほかのクラスだから話をする機会もほとんどないのに。

なにか勘《かん》違いしている様子のユウに『違うよ！』と慌てて言ったら、今度はチナツが立ち上がった。

『じゃあ昨日、一緒に帰っていたのはなに？』

あ……見られていたのか。

でも、一緒に帰ろうと誘ったわけではない。学校を出て二百メートルほどの場所で、後ろから走ってきた彼に声をかけられたのだ。

彼とは、今までほとんど話したことがなかったから、驚いた。

用事があるのかと思ったがそうではないようで、彼は私の隣を歩きながらいろいろと他愛のない話を振ってきた。

それに受け答えをしつつ、帰っていただけで……。

昨日のことはそんな内容だけど、焦りからか上手く説明できなくて、ひたすら『違う』と訴えていた。

するとバチンと大きな音がして、左頬に痛みが走る。

ユウが泣きながら、私の頬を叩いたのだ。

『嘘《うそ》つき、手を繋《つな》いでたって聞いたもん！』

『繋いでないよ！　綺麗な指だねって言われて触られたけど、少しだけで……』

友達に嘘なんかつかないし、好きな人を横取りしようなんて、これっぽっちも思わない。友達がなにより大事なのに……。

三人は私の言葉を信じてくれなかった。

『裏切り者の性格ブス』とユウに言われた。

アヤには『顔が可愛いと得だよね～』と嫌味を言われ、チナツには『友達より男を取ったんだから、グループ抜けて』と言われた。

『待って！　違うよ、私は……』

慌てる私に、三人は声を揃《そろ》えて言い放つ。

『紗姫なんか、もう友達じゃないから』

大きなショックを受けて、泣き崩れる私。

次に目を開けると、黒板の前に立たされていた。

教室には、いつの間にかクラス全員が揃って着席していて、私の隣には白いチョークを手に黒板に向かっている、担任の女教師が立っていた。

カツカツと先生が黒板に書いたのは、『横山紗姫、ビッチ裁判』という言葉。目を見開く私を無視して、先生はクラスのみんなに問いかける。

『親友の好きな人を奪っていいと思いますか？』

クラスメイトたちは、なぜか制服を着ていなかった。裁判官みたいな黒い法衣を身につけている。

そんなみんなが、先生の質問に『ダメです』と声を揃えて答えていた。

『ちょっと美人だからって、調子に乗っていいと思いますか？』

『ダメです』

『みなさんは、横山さんのことが好きですか？』

『嫌いです』

ガタガタと体が震えて、なにも言い返せない。

違うのに……友達が一番大事なのに……。ユウ、アヤ、チナツ、みんな、何度でも謝るから、私のことを嫌いにならないで……。

ハッとして目を開けると、ひとり暮らしのマンションの見慣れた天井が目に入った。

夢か……。

まだ寝苦しさを感じない六月中旬だというのに、寝汗でグッショリと湿ったパジャマが気持ち悪い。枕元の時計を見ると五時半で、ずいぶん早起きしてしまった。

カーテンの隙間から初夏の朝日が差し込み、寝室に光の直線を引いている。二度寝する気にはなれず、ベッドに身を起こして深いため息をついた。

なんて嫌な夢を見たのだろう。前半部分は、過去に起きたことそのままだが、後半の裁判部分は違う。あの後、実際、小林くんに告白されたこともあり、噂に尾ひれがついて大多数の女子に嫌われ、ひとりぼっちになっただけ……。

嫌な夢の原因は、昨日の社食での一件かもしれない。久しぶりに男性社員から強引なアプローチを受けたし、横山くんにも絡まれたから。

ベッドから下りて、着替えを手に取り、まずはバスルームに向かう。綺麗さっぱり洗い流してバスルームを出ると、気分はいくらか上向きになった。

リビングのカーテンを開けて、狭いベランダに出る。

そこには趣味で育てているたくさんの植物があり、花や葉が風になびかれていた。

ジョウロを手に水やりをしつつ、今朝、花開いたばかりの朝顔に見とれてしまう。

なんとも言えぬ淡い水色が、とても綺麗……。

ベランダの植物に水をあげ終えると、今度は室内の鉢植えにも水やり。

桃ちゃんが初めてうちに遊びに来たとき、緑の多さに驚いていたっけ。『植物園を目指してるの?』と突っ込まれ、それから『こんなに癒しが必要なんて心が疲れてるんじゃない?』と苦笑いされた。

そういうつもりではなく、単にガーデニング好きな母の影響だと思うけど、癒しになっていることは確かだ。嫌な気分のときも、花を見れば優しい気持ちになれるもの。

過去はつらい思い出に溢れているが、今の日々は、おおむね平和で幸せに過ごせている。大切なのは過去より未来。今の平穏をずっと保てるなら、穏やかに楽しく暮らしていけるはず。

可憐に咲いてくれた花や癒しの緑に、嫌な夢の余韻を消してもらった後は、出勤の準備だ。ゆっくり朝食を食べてメイクをし、夏物のオフィススーツに身を包んで、いつもより三十分早く家を出た。

徒歩十五分の道のりの途中にある、花屋に立ち寄る。

駅前にあるその店は、朝八時から開店しているので、たまに出勤前に切り花を買っている。というのも、私はこっそり、大会議室に花を飾っているからだ。

大会議室は大・中・小と、いくつもある会議室の中で最も使用頻度が低いので、飾った花は、人目に触れる機会がほとんどない。

それなのに、なぜそんなことをしているのかというと、自分のためだ。

会社の中で息抜きができる場所を探した結果、目にとまったのが大会議室。

桃ちゃんと目配せし合い、ときどきオフィスを抜け出して、大会議室でふたりだけのティータイムを楽しんでいる。褒められる行いではないけれど、そこは大目に見てほしい。

そんなわけで、私にとって貴重なその時間をより楽しむために花を飾っているのだ。

涼しげな色合いである青と白の花を購入し、花屋を出る。会社までもう少しというところで、ある考えが頭をよぎる。

パン屋にも寄ろうかな……。

昨日、横山くんにもらったパンとお土産のことが、ずっと心に引っかかっていた。

昨日はメールでのお礼で、一旦よしとしたけれど……持ち帰ったチョコパンのひとつを今朝食べて、やっぱりなにかお返しすべきだろうかと迷っていた。

彼とはできるだけ関わりたくないが、もらいっぱなしは失礼な気もするし……。

花を買っているときも、歩きながらも、それについてモヤモヤと考え続け、悩むくらいなら、お返しをしてスッキリしたくなっていた。

パンをもらったお礼は、パンで返そうと思う。ほかのものをあげれば、そのお礼と言って、また別のなにかが返ってきそうで心配だった。

入った先は、会社の斜め向かいにあるパン屋。ここも早朝から営業している、ありがたい店だ。昼ほどの品揃えはないが、焼きたてのパンの香ばしい匂いが、店内に立ち込めていた。

トングとトレーを手に、横山くんはなにが好きだろうと考える。五年ほど同じ部署にいても、彼の食の好みがわからなかった。今までできるだけ避けていたのだから、当たり前かもしれないけど。

悩んだ末にやっと決めたのはカツサンド。なぜなら、社食でカツ丼を食べている姿を見たことがあるからだ。

会計を済ませ、パン屋を出てから腕時計を見ると、時刻は八時半。

始業は九時なので慌てる必要はないけれど、出勤している社員が少ないうちにこっそり花を飾りたいので急ぎ足になる。横山くんへのお礼のカツサンドも、誰にも見られないうちに彼のデスクに置いておけるなら、ベストかもしれない。

点滅信号の交差点を小走りで渡り、社屋に入ってエレベーターで四階へ。この階には八つの会議室が集中して並んでいる。

人がまばらで静かな廊下を進み、角をひとつ曲がって大会議室のドア前に着いた。

使用頻度が少ないこの部屋に一番多く出入りしているのは、私か清掃会社のパートのおばさんか。

始業前ということもあり、中に誰もいないはずだと思い込んでいる私は、ためらいなくドアノブを回した。しかし、ドアを少し押し開けたところで、ピタリと手を止める。

中から話し声がするのだ。それもドアのすぐ近くで。

啜り泣きながら話している女性の声と、「ごめんね」と謝る男性の声。

女性は誰なのかすぐに思い当たらないが、男性はわかってしまった。横山くんだ。

「遼介くんが出張多いのは、前から知ってたんだよ。もう寂しいなんて言わないから、お願い、もう一度私と……」

「ごめん。俺がダメなんだ。今後、口には出さなくても、『長谷川《はせがわ》さんは寂しがってるはずだ』と思ってしまうから。その気持ちに、応えられない自分が嫌になるんだ」

「絶対にダメなの？」

「ああ。本当にごめん。次は、もっといい男を捕まえて」

ドアノブをつかんだままの私は、固まったように動けなくなっていた。

長谷川さんと呼ばれた女子社員は、横山くんのインド出張前に付き合っていた、総務部の二年目の子だ。

彼女が『寂しい』と口にしたから別れることになった、という桃ちゃん情報は、間違いないみたい。そして今、復縁を求めて、断られたということだろう……。

驚きの波が引いた後は、他人の恋愛事情を立ち聞きした罪悪感に襲われた。

気づかれないうちにドアを閉めて、立ち去らなければと焦りだす。わずかに内側に開けたドアをそっと閉め直したら、まだドアノブから手を離していないというのに、勢いよく内側から開けられて、つんのめるように中に入ってしまった。

ドンとぶつかった相手は、長谷川さん。彼女は、涙に濡れた瞳を大きく見開いてから、私をひと睨みして押しのけるように廊下に出ると、無言で走り去った。

長谷川さんに、申し訳ないことをしてしまった……。

中に人がいないと思い込んでいたことを後悔した。核心部分の話を聞く前に、なぜもっと早く立ち去らなかったのかと、自分を責める。

彼女の去った廊下を沈痛な面持ちで見つめていたら、「ねぇ、俺のことは無視なの?」と、真横で不満げな声がした。

横山くん……。

彼は左腕をドアにつき、右手はズボンのポケットに。

私との距離は三十センチもなく、そんなに接近されていたことに驚いて、急いでドアから離れて会議用テーブルのほうに寄った。

「俺って、相当嫌われてるよな」

自嘲《じちょう》ぎみに苦笑いする彼は、ドアをパタンと閉めた。

会議室の中に、ふたりきりになってしまった……。

途端に心が落ち着きをなくして焦り始めるが、それを決して表に出さず、澄まし顔をキープする。大丈夫、横山くんの存在を気にしなければいい、と自分に言い聞かせ、十列ほど整然と並べられた会議用テーブルの間を歩き、前方へ。

ホワイトボードの横にある演説台の上には、ピンクと白のバラの花がガラスの花瓶《かびん》に飾られている。これは私が二週間ほど前に買った物で、花びらが散り落ちたり、先が茶色に変色したりと、残念ながら交換時期に来ていた。

「なにやってんの？」と横山くんが聞く。ついてきた彼は最前列の会議用テーブルにお尻を半分乗せ、両手を後ろについて私を見ていた。

彼が腰掛けているテーブルの、通路を挟んで隣のテーブルに荷物を置いた私は、「見ればわかるでしょ」とわざと素っ気ない返事をする。

「新しい花を買ってきたから、入れ替えてるんだよね。なんで紗姫が？　この会議室、ほとんど使われてないし、飾っても意味ないだろ」

「私がやりたいからやってるの。横山係長には関係ないことですので、気にしないでください」

花瓶と枯れかけたバラの花を手に、一度会議室を出た。向かった先はすぐ隣にある給湯室。

二週間ほど目と心を楽しませてくれたバラの花に「綺麗だったよ、ありがとう」と声をかけてからゴミ箱に捨て、水を入れ替えた花瓶を手に、大会議室に戻ってきた。

横山くんはまだ同じ姿勢でそこにいて、私の作業を見つめている。

元カノの復縁要請を断るという、彼の用事は済んでいるのだから、早く出ていけばいいのに、どうして居座るのか……。

そんな不満と疑問を感じても、私からは話しかけない。気にしないようにと再度心に言い聞かせ、自分の作業に集中する。

バッグから取り出したのは小さめサイズの花切り鋏《ばさみ》で、買ってきた五種類の花をテーブルに並べると、鋏で適度な長さにカットして、余分な下の葉を落とした。

濃淡の異なる三種類の青い花と二種類の白い花を、花瓶に挿していく。左右対称に、手前は低く奥は高く。たくさんの小花のついた枝を整え、全体をこんもりとした丸い形に仕上げていった。

するると、それまで黙って見ていた横山くんが、急に動いて隣に立つから、内心ビクリとして身構える。

「こうしたほうが面白いんじゃない？」

男らしく節立つ長い指が、花瓶の花に向けて伸びてきた。手と手が触れそうで慌てて引っ込めた私だが、そんな失礼な態度に彼は文句をつけることなく、花をいじり始めた。

左右対称に形を丸く整えた私と違い、彼の生け方はかなり大胆だ。左側の花をすべて右に寄せ、斜め下に流れるような曲線を形作っていく。

いつになく真剣な目をしている彼の横顔に、心臓が跳ねた。

綺麗な顔……。

彼は美形だ。憧れはしないが、そう思う。

五年ほど前から知っているはずの彼の美しさに、なぜ今頃、改めてそう感じたのか、自分に首を傾げていた。

すべての花を挿し終えると、横山くんは一歩後ろに下がって全体の印象を確かめ、満足げに頷《うなず》いた。「どう？」と彼は腕組みして問う。

作品をじっと見つめること数秒。

「風が吹いているみたい……」

私の口から、そんな感想がこぼれ落ちていた。

風にそよぐ花か、それとも水の流れというべきか。私が生けた物よりずっといい。

涼しげで、夏の暑さを忘れさせてくれるような花に、思わず「素敵」と呟いた。

言ってしまってからハッとする。高慢な女ならこんな言葉ではなく、『余計なことをしないで』と言うべきだろう。

失言に気づいた後は、焦って「まあまあね」と言い直し、切った枝葉をビニール袋に入れて片づけ始める。

すると横山くんが、声をあげて笑いだした。

「紗姫ってツンデレ？　デレの部分を隠さないで、もっと見せて」

「そんな部分、持ってないわよ」

「またまた〜。実は映画観て泣いたりするタイプなんだろ？」

からかわれているだけだとわかっていても、言い当てられてギクリとしていた。

映画もドラマも、子供向けアニメでも、よく泣く私。特に人情ものの話や子供関係の話は、涙がボロボロこぼれて止まらなくなる。

だから映画館には滅多に行かない。泣くことが予想される物語は、家でひとりで観るに限る。

横山くんの言葉に、片づけの手が一瞬だけ止まったのも悪かった。それを見逃さなかった彼に、「マジでそうなの!?」と喜ばれ、困った私は無理やり話題を逸らそうとした。

「違うわよ。勝手な推測はやめて。私をからかうことより、横山係長には、ほかに考えるべきことがあるでしょう?」

「ほかに考えることって?」

「さっきの長谷川さんとのこと。付き合ってひと月足らずで、あんな振り方をするなんてかわいそう。今までの彼女とも、似たような別れ方をしてるんですってね。あんな別れ方をするくらいなら、最初に振られるほうがマシだわ」

話題を逸らすために言いだしたことだけど、なにを言っているのだろうと、心で非難する自分も、同時に存在した。

恋愛経験のない私が、他人の恋愛に口出しすることに違和感があるうえ、無関係の私が口を出していい問題でもない。長谷川さんは『初めに振られるよりは、たった一ヶ月でも彼と付き合えてよかった』と言うかもしれないし。

それでも一度言いだしたことに引っ込みがつかず、「女性との付き合い方を再考したら?」と、こんな私が彼を指導する。

花切り鋏の刃をティッシュで拭《ふ》いてケースに入れ、バッグにしまう。

横山くんのことだから、私の意見なんか心にとめず、すぐに茶化したりからかったりしてくるだろうと思っていた。反論の言葉に、皮肉もついてきそうな気もする。

なにを言われても動じないように心構えをしていたのだが、いつまで経っても彼は口を開かなかった。

形を崩さないように気をつけて、花瓶をそっと後ろの演説台の上に移動させる。それでもまだ横山くんは黙ったままで、予想通りの展開にならないことに戸惑い始めた。

怒らせたのだろうか……それとも傷つけたのだろうか……。

余計なことを言ったのは自覚しているが、それ以上のひどい言葉を浴びせてしまった気がして、彼を心配した。

恐る恐る振り向いて顔色を窺うと……なぜか彼はポカンとして私を見ている。

鳩《はと》が豆鉄砲を食ったような表情に、私のほうが意表を突かれて困惑した。

「ど、どうしたのよ」

問いかけると、横山くんはハッと我に返って、片手で自分の髪をクシャリと握りしめた。

「や……なんていうか、驚いて。紗姫って、俺に無関心なんだと思ってたから。本当はいろいろと知ってて、気にしてくれてたんだ」

照れ臭そうに言ってから、彼はニッコリ笑った。

それは、みんなの輪の中で談笑しているときと同じ、屈託のない少年のような笑顔。心なしか、頬が赤く染まっている気もする。

つられて笑いそうになる表情筋を引きしめつつ、『気にしてくれてたんだ』という、彼の発言に引っかかっていた。

まさか、私が横山くんのことを密かに想ってたとか……勘違いしているわけじゃないよね？

芽生えた疑惑に慌ててしまい、急いで反論した。

「横山くんのことなんて、これっぽっちも気にしたことないわ。変な言い方しないで」

すると、それまで嬉しそうに笑っていた彼が、急にニヤリと口角を上げる。

「ツンデレ紗姫ちゃん、係長が抜けてるよ？　心の中では、〝横山くん〟と呼んでくれてるんだ」

「あ……」

「係長をつけられると、ますます距離を空けられた気がして嫌だったから、嬉しいな。できれば、そこから一歩踏み出して、遼介くんにしてみない？」

「なにバカなことを言って――」

「紗姫って、浅倉の前では普通に可愛く笑うだろ。俺の前でもそうしてよ。同期だから、紗姫とは仲良くなりたい」

思わず目を瞬《また》かせたのは、予想外な言葉を聞いたため。

『仲良くなりたい』って……横山くんは、私のことが嫌いだから意地悪に絡んでくると思っていたけど、違うの？　じゃあ、どうしていつも私を困らせるの？　一体、どういうつもりなのか……。

いつもと違って態度を軟化させた彼に、驚き戸惑ったが、結局、困惑させられるという結論に行きつくのは同じだった。

横山くんは、本当に苦手だ。女子に人気の彼と仲良くなったら、私はたちまち女子社員から敵認定されるのに。つらい学生時代の経験を繰り返さないために身につけた仮面を、外そうとしないでよ……。

視線を床に落としたら、大きくて黒い彼の革靴が、私との距離を半歩縮めるのが見えた。

一メートルもない私たちの距離に、頭の中で警鐘が鳴り始める。過去の経験上、この後、危険な展開になりそうな気配を感じ取っていた。

男の人が怖い……。

たとえ横山くんがモテる人でなくとも、からかったりしない優しい人であっても、私にとっては男性というだけで、恐怖の対象になる。

〝同期として〟と前提をつけられても、『仲良くしよう』なんて無理を言わないで。

危険を察知すると同時に、足が勝手に横にずれて、ふたりの距離を広げていた。

そのまま会議用テーブルに寄り、ショルダーバッグに手をかける。

「紗姫、待って、まだ話が」

引き止めようとする彼の手が、私のバッグに向けて伸びてきて、人質に取られないよう、慌ててその手に茶色の紙袋を押しつけた。

「これ、なに？」

「向かいのパン屋のカツサンド」

「俺に？」

「勘違いしないでね。ただの昨日のお返しだから。あなたなんかに、借りを作りたくないだけよ」

キツイ視線に、ひねくれた言葉。我ながら高飛車女の模範的な態度を取れたと思う。

それなのに、横山くんはなぜか満面の笑みを向けてくる。

「カツサンド、すげー好き！　サンキュー。やっぱ紗姫、俺のことわかってくれてんだな」

やめてよ……そんな無邪気に喜ばないで。

いつもみたいにニヤリと笑って皮肉を言われるほうが、まだ困らない。私たちの間にある壁を確認できるから。

こんな風に喜ぶ姿を見せられたら、私も嬉しくなってしまうじゃない。迷ったけれどお返しをしてよかった……カツサンドを選んでよかったと、思ってしまうじゃない。

困る気持ちとは逆に、心の中で勝手に小さなつぼみがポンポンと花開いていく。

嬉しいけれど、喜んでみせては絶対にダメ。不自由な心を抱える私は、笑顔の彼に背を向け、足早にドアに向かった。

「紗姫、今度さ――」

横山くんがなにかを言いかけていたけれど、それを無視して急いで廊下に出て、ドアを閉めた。ドアに背を預けて、深いため息をつく。

困るよ、横山くん。お願いだから、私に構わないで……。

発注伝票の整理を終えてファイルを閉じ、腕時計を見ると、十五時になっていた。

チラリと横山くんの席に目をやると、いない。この時間、会議の予定はなく、外勤予定も今日はないのに、どこに行ったのか。うちの部署で一、二を争うほどに忙しい人だから、社内のどこかで働いているのは確かだけど。

横山くんのことを気にしてしまったのは、今朝のことが原因だった。

いつものように絡まれただけなら、ここまで気にならないだろう。満面の笑みを浮かべる彼を、思い出していた。私と仲良くしたいという、無茶な言葉も。

幸い、業務が始まってからの接触はなく、乱されそうになった心も、今は落ち着いている。

このまま十八時の終業時刻まで、彼が戻ってこなければいいのに。

何げなく視線をドアに移したら、ここからドアまでの直線上の席にいる桃ちゃんが、足元のバッグから財布を取り出しているのが見えた。

それから彼女は私のほうに振り向いて、口パクで『行くよ』と誘う。

私が軽く頷くと、桃ちゃんは席を立ち、ファイルを片手にドアの外へ出ていった。

それから一分待って、私も同じ行動を取る。一階に下りて自動販売機でレモンティーを買い、エレベーターで四階へ。大会議室のドアをそっと開けて、中に体を滑り込ませ、後ろ手にドアを閉めると、心に解放感が広がった。

「桃ちゃん、お疲れ様〜」

私より先に来ている彼女は、会議用テーブルの最前列で缶コーヒーに口をつけ、お菓子を食べていた。

「お疲れ、紗姫。『きのこの里』、持ってきたから食べよ」

「わーい、これ美味《おい》しいよね。ありがとう！」

桃ちゃんの隣に座って、チョコレート菓子とレモンティーを口にする。他愛ないおしゃべりをしながらの、この休憩時間がたまらなく好きだ。

ふたりだけだと気を抜くことができるから、ほかの社員には決して見せない緩み切った顔で、アハハと笑い声をあげていた。

「ところで、あの花、紗姫が飾ったんだよね？」と、話の切れ目に桃ちゃんが指差したのは、演説台に載せられた花瓶だった。

この憩いのひとときのためだけに私が花を飾り、定期的に交換していることを、桃ちゃんはもちろん知っている。そのうえで『飾ったんだよね？』と聞くということは、生け方が私らしくないと感じたせいだろう。

そこで今朝、偶然にも横山くんの色恋沙汰を立ち聞きしてしまったこと、花を生けてもらったこと、いろいろと話す展開になったこと、お礼のカツサンドを渡したことなどを話した。

「ふーん、そんなことがあったんだ。それは遼介、かなり嬉しかったことだろうね」

そう言った桃ちゃんは、喜ぶ彼を想像したのか、頬を緩めてフフッと笑う。

私はそんな彼女の感想に首を傾げた。

大ざっぱに説明しただけなので、横山くんがどんな表情でどんな言葉を返してきたのか、桃ちゃんは知らないはず。それなのに、彼が喜んでいたなんて、どうしてわかるのだろう?

少々の引っかかりを感じたが、意識はすぐに、もっと気になっていた別のことに向いた。

横山くんに映画を観て泣くタイプだとか、私は桃ちゃんの前でだけ、普通に可愛く笑うなどと言われたけれど……。

今までの高圧的な態度が演技だと、怪しまれているのだろうか……。

缶コーヒーを持ち上げた桃ちゃんは、口をつけずにテーブルに置いた。

「空になっちゃった。紗姫の、ひと口ちょうだい」

そう言って、私のレモンティーを飲んでいる。

私の表情が暗かったせいか、勘違いさせたようで「ごめん、嫌だった？」と聞かれた。慌ててそれを否定し、考えていたことを相談した。

「横山くんに、本性を知られているかも……」

桃ちゃんに相談しながら、心の中にますます疑惑が膨らむ。

横山くんは、私が気の弱いただの泣き虫だと、気づいていたのではないだろうか？

もしかすると、かなり前から。それで、みんなの前で私の仮面をはがしてやろうと、絡んでくるのでは……そんな勝手な推理をしていた。

しかし、その憶測は桃ちゃんの「まさか」のひと言で却下される。

「遼介は勘ぐるような奴じゃないよ。もっと単純で、素直な思考回路をしてるから。紗姫のことは気の強い女だと思ってる」

「そっか」

「もしかして、私が遼介にバラしたと考えてた？」

「えっ⁉　そんなこと全く考えてないよ！」

話がおかしな方向に流れ、私は慌てた。

入社間もないときに、うっかり泣いている姿を見られてから五年強。

桃ちゃんは私を理解して、そばにいてくれる。

そんな大切な友人を疑いたくないし、現にそんなことは微塵も考えていなかった。

「桃ちゃんのことは全力で信じてるから！」と、椅子から身を乗り出す勢いで訴えたら、「わかった、わかった」となだめられ、苦笑いされた。

「とにかく、バレてないことは保証するから安心して。遼介はただ、取っかかりが欲しくて絡んでるだけで……」

「取っかかり？」

「あ、なんでもない。それより、そのキャラいつまで続けるの？　真逆な自分を演じるのって、しんどくない？」

「しんどい。でも、ほかに身を守る手段がないから……」

鼻先をツンと上に向け、ヒールをわざとカツカツ鳴らして歩きながら、いつも嫌な気持ちでいる。腰に両手を当て、見下すような視線を男性に向けながら、傷つけるような態度を取って、申し訳ないと心で詫《わ》びている。

苦しくて心が痛いから、やめられるものならやめたい。その思いは常にあるので、「ほかにいい方法があるなら教えてほしい」と聞いてみた。

すると、桃ちゃんは少し考えてから、眉をハの字に傾けて「ごめん」と謝る。

「男が苦手な紗姫に、『彼氏を作って守ってもらえば』とは言えないしね。下手なアドバイスをした結果、失敗していじめに遭っても責任取れないし、変なこと言ってごめん」

「ううん、心配してくれて嬉しいよ……」

桃ちゃんは顔を曇《くも》らせているけれど、私の口元には自然と笑みが浮かび、心がほっこり温かくなっていた。

桃ちゃんの正直なところも好き。

つらい学生時代、私のことを心配してくれる女子も少しはいた。こうしたらいい、ああしたらいいと、いろいろなアドバイスをしてくれたけど、どれも効果はなく、逆に状況は悪化していった。そのうちに心配してくれていた少数の女子も、とばっちりを受けたくないからと私から離れていき……。

無責任なアドバイスはいらない。桃ちゃんのように、そばにいてくれるだけでいい。今は高飛車戦法で身を守れているのだから、しんどくてもこれを続けるほうが安全でいいと思う。

「ストレス解消の気晴らしなら、いくらでも付き合うから。今度ふたりで飲みに行こう。芋焼酎《いもじょうちゅう》の美味しいお店を見つけたんだ」

芋焼酎……。

小柄でふんわり癒し系の桃ちゃんには似合わない単語を聞いて、思わず声をあげて笑った。

「いいじゃん。私に言わせりゃ、甘いカクテルなんてお酒の部類に入らないよ」

「うん、うん、芋焼酎でいいよ。私も好き」

「だよね。新人男子を連れて飲みに行くと、いつも言われるんだよ。『浅倉さん、芋焼酎っすか!? イメージ狂う』って。見た目で人を判断するなと、もつ煮込みを食べながら一時間説教よ」

外見と中身のギャップについて、桃ちゃんにも悩みがあるみたい。でも私と違って自分をさらけ出したうえで、周りと上手くやっている。

桃ちゃんてすごいよね、憧れる……。

尊敬の念を抱きつつも、話がおかしくて涙目になって笑っていると、急に後方でドアの開く音がした。

ハッとして振り向くと、横山くんが入ってきて……。ドアを閉めた彼はニヤリと笑いながら、こっちに歩み寄る。

「ずいぶん、楽しそうだね。へぇ、ここでいつもさぼってたんだ。紗姫が花飾ってんのは、このため？」

緩んでいた気を引きしめて、笑顔を消す。

そんな私と目を合わせる彼の顔に、微《かす》かに陰りが見えた。会議用テーブルの間をまっすぐに歩いてきた横山くんは、最前列のテーブルの前に立ち、私たちと向かい合う。

「なにしに来たのよ」と桃ちゃんが言う。

「さぼり組を注意しに」

「さぼってないし。ほら、これ見てよ」

桃ちゃんが持ち上げたのは青いファイルで、取引先である大手国内メーカーの工場の名前が表紙に書いてある。

今まで誰かに踏み込まれたことはないが、見つかったときのための言い訳として、一応、仕事道具を持ってきている。ふたりなのに大会議室を使用していることや、お菓子を広げていることなど、ツッコミどころが満載なのもわかっているけれど。

桃ちゃんも横山くん相手に、本気で仕事中だと言い張るつもりはないようで、ファイルをテーブル上に戻した後は、「食べる？」とチョコレート菓子の箱を勧めていた。

「サンキュ～」とお菓子をつまんで口に放った彼に、「これで同罪だね」と桃ちゃんが笑顔を向ける。

『しまった』と言いたげな顔をして、「チクれないじゃん」と文句を言う横山くん。もとから告げ口する気はないし、されるとも思っていないふたりは、そんなコントみたいなやり取りをした後、仲良さそうに笑い合っていた。

いいな……異性の友達か。

楽しそうなふたりを見て、羨《うらや》ましく感じていた。

私にも小学校低学年の頃までは、男の子の友達がいた。今の桃ちゃんと横山くんみたいに、ごく普通に一緒に笑っていた覚えがある。

でもそれ以降は、男友達なんて作れるわけがない。すぐに、付き合っているとか、狙っているとか、変な噂を立てられるから。

それに今では本当の自分を隠しているせいで、同性とも普通の友人関係を築きにくくなっている。

すぐそばにいるのに、笑い合うふたりを遠い存在のように感じていた。

羨ましい……本当は私も、桃ちゃんみたいにたくさんの友達が欲しかった。

ひとしきり笑った後、横山くんが姿勢を変えた。組んでいた腕を外して両手をズボンのポケットに突っ込み、重心を左から右足に移す。そして、桃ちゃんから私へと視線の向きも変えた。

「ところで、紗姫も芋焼酎が好きなの？」

その問いかけにギクリとしたのは、会話を立ち聞きされていたと知ったからだ。

芋焼酎の話だけなら困らないけど、その前のトラウマ話から聞かれていたなら、非常にマズイことになる。

真顔のまま心の中だけで焦る私は、すぐに返事ができず、代わりに桃ちゃんが対応してくれた。

「げ、どこから聞いてたのよ」

「今度ふたりで飲みに行こうと、浅倉が言ったところから」

内心怯えていた私は、ホッと胸を撫で下ろした。

そこからだと、私の秘密はバレていないはず。よかった……と心に余裕ができたので、つい横山くんに文句を言ってしまった。

「立ち聞きなんて、いやらしい真似しないでよ」

「紗姫が言うのか。今朝の俺の恥ずかしい場面を覗いてたくせに」

「あ……」

バツが悪いと感じて、肩をすくめる。

「これで、おあいこってことだろ」

女子社員からセクシーだと噂される甘い瞳を細め、形のよい唇を横に引いて、彼はいたずらっ子のようにニヒヒと笑う。

横山くんの笑顔を見ながら、泣いていた長谷川さんの顔を思い出し、再び申し訳ない気持ちが込み上げてきた。

「あれは……私が悪かったと思ってる。ごめんなさい」

本来なら気を抜くことのできるこの場所のせいか、それとも桃ちゃんが隣にいてくれるからか、思わず本心が口をついて出た。言ってしまってから、またしてもボロを出したことに気づき、それをごまかすためにフンと鼻を鳴らしてそっぽを向く。

「やっぱツンデレだな」と笑って流した横山くんは、会話の相手を桃ちゃんに戻した。

「いつ飲みに行く？　俺、来週からまた海外出張なんだよね。今週の土曜にしてよ」

え、まさか……と思ったことに、桃ちゃんがすかさずツッコミを入れてくれる。

「なに勝手に参加しようとしてんのよ。遼介は誘ってないから」

「えー、交ぜてよ。ビール派な俺だけど、芋焼酎に付き合うからさー」

「いろいろと無理」

「行きたい」「ダメ」と言い合うふたりに、私はハラハラしながら心の中で桃ちゃんを全力で応援する。

いくら頼りになる桃ちゃんが一緒でも、横山くんと飲みに行くなんて考えられない。ずっと気を張っていなければならないし、酔うに酔えず、なんのために飲みに行くのかわからなくなる。それに万が一、仲良くなった気になられたら……今後の日常生活を脅かされそう。

桃ちゃんがキッパリ『ダメだ』と言ってくれても、なかなか諦めてくれない横山くん。商社マンとしては、粘り強く交渉を続ける姿勢を評価されそうだが、椅子を鳴らして立ち上がった桃ちゃんに「しつこい！」と怒鳴られていた。

「あーもう、板挟みはごめんよ！　遼介、あんた百戦錬磨の遊び人と言われる男でしょ？」

「俺、そんなこと言われてんの？　ひでーな……」

「私に頼まず自分でなんとかしな！　できないなら、男らしく諦めろ。私、トイレに行ってくるから」

桃ちゃんは姉御肌で頼りになるけど、実は面倒臭いことが嫌いだったりする。仕事面で言うと、新しいプロジェクトに参加することを好み、数値をパソコンに入力するだけなどの雑務が嫌いなタイプ。

私は後者のほうが向いているので、そういう面でも桃ちゃんに憧れるのだけど、今、横山くんのことを投げ出されては、ものすごく困る。

「も、桃ちゃん、待っ――」

『待って』とすべてを言わないうちに、彼女は廊下に出ていき、ドアがバタンと閉められた。

怒りの程度はどのくらいか、すぐに機嫌を直してくれるだろうかと、椅子に座ったまま振り返って心配していたら、テーブルの軋《きし》む音がした。

「ヤバ、マジで怒らせちまった」

そんな声もすぐ近くに聞こえ、驚いて前を向くと、横山くんが私の目の前のテーブルに、こっちを向いて座っていた。広げた長い足は私を間に挟んで、まるで閉じ込めるかのようだ。

心臓が大きな音をたて、鼓動《こどう》がたちまち速度を上げていく。逃げなくてはと思い、体を横に動かそうとしたら……気配を察知したのか、垂れていた彼の両足が伸ばされ、靴の底を私の後ろのテーブルにつけて、本当に閉じ込められてしまった。

「な、なによ、この格好」

文句を言う声が、少しだけ震えていた。

「んー、浅倉に怒られたから、自分でなんとかしようと思って」と、意味のわからない答えが返ってくる。

広げた長い足で私の逃げ道を塞《ふさ》いだまま、笑顔の彼は攻めてきた。

「俺、紗姫と飲んでみたい。紗姫ってさ、一年目の歓迎会以来、どんな飲み会にも不参加だよな」

「そ、そんなことないわよ。取引先となら、数回あるから」

私も国内出張することがたまにある。お客さん相手では嫌と言えず、誘われたら地方の居酒屋とかスナックとかに行かざるを得ない。だから出張が苦手だったりするのだけれど。

澄まし顔をキープするのが難しくなってきた。怖くて、ここから逃げ出したい……そんな弱々しい気持ちと必死に戦っていた。

しかし、私が怯えていることなど全く気づいていない彼は、攻撃の手を緩めてくれない。

「体質的に飲めないのかと思ってたけど、違ったんだな。それなら遠慮なく誘うよ。俺とふたりで飲みに行こう？」

「ふたり⁉　絶対に嫌よ」

「なんでだよ。紗姫なら、男とふたりで飲みに行くくらい慣れてるだろ」

「慣れてな――」

そう言いかけて口ごもった。『慣れていない』と告げてはいけない気がする。最上級の男たちとの恋愛経験が豊富という、偽のイメージを崩してしまうことになるから。でも、『慣れている』と嘘をつくのもマズイ。『それなら俺と飲みに行くくらい平気だろう』と言われそうだ。

どっちにしても困る結果になりそうで、返事に窮していたら、目を瞬かせた彼が少しだけ私のほうに身を乗り出してきた。

これ以上近づかれると、泣きそうなのに……。

「なんで固まってんの？　まさか……男とふたりで飲みに行ったこと、ないとか？」

驚きに、なぜか期待のこもる視線を向けられていた。

私の中に焦りが広がる。マズイ……バレる。高飛車女の仮面をはがされる。

それに加えて、この恐怖。少しでも動いたら、横山くんの両足に触れそうで、彼が少し腕を伸ばせば、私の顔や体に触れることも簡単な距離だ。

微かに体が震え始めたとき、彼の右手が動くのを見た。それは単にテーブル上に置かれていた手が、彼の太ももに移動しただけなのだが、捕まえられると勘違いした私は叫ぶように言った。

「わかったわよ！　飲みにでも、どこにでも行くから……」

だから、お願い……もう許して。

とにかくこの状況から逃げたい一心で、承諾してしまった。

すると私を閉じ込めていた長い足が外され、横山くんはクルリと体の向きを変えると、腰掛けていたテーブルの向こう側に足を下ろした。「やった！」と満面の笑みを浮かべ、「絶対だぞ」と念を押してくる。

再び開いた私たちの距離に、緊張が和らいだ後は、承諾してしまったことに焦り始めた。

横山くんと飲みに……それも、ふたりでなんて。

女性に困ることのない彼でも、酔った勢いで強引に迫ってくるかもしれない。どこかに連れ込まれでもしたら、恐怖を通り越して、心臓が止まりそう。

慌てて「やっぱり行かない」と言い直すと、それまで嬉しそうだった彼の眉間に、急に深い皺が刻まれた。左手はズボンのポケットに突っ込み、右手はバンと机を叩いてすごんでくる。

「契約破棄はペナルティが発生するよ。いいの？」

ふたりで飲みに行くことは命の危機。それよりは違約金を払うほうが遥かにマシなので、迷うことはなかった。

「ペナルティのほうがいい」

ハッキリと答えたら、睨むように見ていた彼の睫毛《まつげ》が伏せられた。形のよい唇からは、ため息までこぼれ落ちている。

横山くんはきっと、女性に断られることに慣れていないのだろう。プライドを傷つけたのだと思い、そのことに申し訳なさを感じて心の中でうろたえていたら、その直後にニヤリと笑う彼の口元が見えた。

「わかった。飲みに行くんじゃなく、ペナルティを選ぶと言うんだな？」

「う、うん」

「ペナルティは、遊園地でお子様なデート。昼間ならいいだろ？　久しぶりだな〜、遊園地。何年ぶりだろ」

え……遊園地デート!?　どうして、そうなるの？

夜にふたりで飲みに行くよりは、健全で安全な響きを感じるけれど、私にとってはそれもかなりハードルが高いことだった。

慌ててそれも嫌だと言おうとしたら、後ろでドアの開く音がして、桃ちゃんが帰ってきてくれた。怒りはどうやら収まったようで、いつもの一見癒し系の、ふんわりした桃ちゃんの表情に戻っていてホッとした。

味方が現れたことにも安堵して、さあ断ろうと口を開きかけたのだが、横山くんが足早にドアに向けて歩きだしていた。

「俺は仕事に戻るから。お前らもそろそろ戻らないと、さぼってんのがバレるよ」

まだ話は終わっていないのに、桃ちゃんと入れ違いに出ていこうとしている彼に慌てた。椅子から立ち上がって、スーツの背中を呼び止める。

「横山くん、待ってよ！　私、そんなペナルティは……あっ」

行ってしまった。どうしよう……。

私の隣に戻ってきた桃ちゃんは、お菓子の箱や空き缶など、テーブルに広げた物を片づけ始める。

「遼介の奴、鼻歌、歌いながら出てったけど、なんかあった？　ペナルティってなに？」

困り顔で「遊園地」とポツリと答えた私に、桃ちゃんは首を傾げた。

意味がわからないと言いたげな目で見られるのも、無理はない。女ふたりで芋焼酎の美味しい店に行こうと話していたのに、それがなぜか、私と横山くんのふたりで遊園地デートをする話に変わったのだから。

「大丈夫？」と聞かれたのはきっと、青ざめているせいだろう。

大丈夫じゃないよ。もう断ることはできないのだろうか……。

横山くんにデートに誘われたら、女子社員の大半は喜んでOKすると思う。遊びたいなら、そういう女子を誘えばいいのに、どうして私なの？

今朝、同期だから仲良くしたいというようなことを言われたけれど、まさか、あれを本気で実行に移すつもり？　それとも私が嫌がるのを予想して、困らせてやろうという意図があるのだろうか……。

彼が出ていったドアを見つめていたら、なぜか夢で見た、中学校の教室のドアが目に浮かんできた。ふたつのドアは色も形状も全く違うのに、私の視界の中でひとつに重なって見えてしまう。

嫌な予感がするのは、ただ単に私が臆病なせいだとわかっている。私は霊感や予知能力の類とは無縁なのだから、本当に悪いことが起きるとは思っていない。

それでも落ち着かないこの心。

ブラウスの胸元を握りしめて、ひとり不安に耐えていた。

お子様なデートに大人の傷

土曜日、憎らしいほどに晴れ渡る空を、自宅の窓から見上げてため息をついていた。雨だったら、遊園地デートは中止になったかもしれないのに……。

大会議室でデートの約束をさせられたのは、三日前のこと。彼が私とデートしたがる理由に明確な答えを見つけられず、あれからずっと頭を悩ませていた。モヤモヤした疑問と、デートを不安に感じるこの心が苦しくて、やっぱり断ろうと何度も試みたのに上手くいかなかった。

仕事中の彼は忙しそうで話しかけられず、朝や帰り、昼休み中のどこかで彼を捕まえて話をしようと思っても、人気者の彼の周囲にはすぐに人が集まるから、近づくのも難しい。それで、二日前の夜にメールを送ったのだけど……。

今まで不必要だった横山くんの私的な連絡先を、今回のことで手に入れることとなった。というのは、携帯番号とアドレスがメモされ、『連絡して』と書かれた付箋が、私のデスクにペタリと貼られていたからだ。

親しげな行動は取りたくないが、仕方なく遊園地の件について相談があることをメールで伝えた。

するとと返ってきたのは、こんなメール。

【土曜の十時に紗姫の家まで車で迎えに行く。住所は年賀状の通りだよね？　キャンセルは受けつけない。以上】

断りを入れる前に先にダメだと言われ、困り果てた私は、桃ちゃんに電話で泣きついた。断れないから、どうか一緒についてきてほしいと。

大会議室で怒る姿を見た後なので、面倒臭いことを頼むなと叱られることも覚悟していた。でも、桃ちゃんは少し考えてから『紗姫にはかなり難題だもんね。いいよ、一緒に行ってあげる』と嬉しい言葉を言ってくれた。

それでいくらか不安は軽減したのだが……物事はそう上手くは進まなかった。

その翌日、つまり昨日のことになるが、桃ちゃんが風邪で欠勤と聞いて驚いた。慌てて電話してみると、ゲホゲホと咳《せ》き込み、苦しそうで高熱も出ているという。

『明日までに治すから、心配しないで』と言われても、来てもらうわけにはいかない。たとえ熱が下がっても、病み上がりでの遊園地は無謀というものだ。

それで『なんとかひとりで頑張ってみる。お大事に。ごめんね……』と電話を切るしかなかった。

いるのだ。
そして今日、恨めしげに青空を眺めてから、不安を抱えたまま、外出の準備をして

九時五十五分、約束の五分前にスマホが鳴り、横山くんからの到着を知らせるメールが届いた。

バッグを肩にかけてキャスケット帽を被り、玄関前の姿見に全身を映すと、なんとも情けない顔。この期に及んでもまだ覚悟が決まらず、どうしようと考え続ける臆病な自分が映っていた。

これではいけないと両手で頬をピシャリと叩き、背筋を伸ばす。

しっかりしないと……。

過去には、男性上司とふたりで出張に行かなければならないときもあったじゃない。あのときもかなりつらかったけれど、なんとか生きて戻ってこられたから、今回もきっと大丈夫。夕方までの数時間、怖がる気持ちを悟られないように澄まし顔をキープすればいいのだから……。

マンションのエントランスから外に出ると、生暖かい夏の風が肌を撫でた。今日の予想最高気温は二十七度。今は二十四度くらいだろうか。まだ夏本番ではない六月な

ので、遊園地は大勢の客で賑わっていそうな気がした。

マンション前の路肩にメタリックブルーの、スポーティーな車が一台停まっていた。

さっきの到着を知らせるメールに、色と車種が書かれていたので、多分これが横山くんの車なのだろう。車に詳しくないから、色と彼っぽいという印象だけの判断だけど。

近づいていくと、運転席のドアが開いて横山くんが降りてきた。

「おはよ。晴れてよかったな」

私の気持ちとは真逆の感想を口にする彼に、一瞬戸惑う。

普段と雰囲気が違うような……。

そう感じた理由にすぐに思い当たる。いつものスーツ姿ではないからだ。

彼は白いVネックのシャツの上に、水色のカッターシャツを羽織り、袖を肘《ひじ》まで折り返していた。グレーのパンツにスニーカー。髪は社内で見るより前髪が下りていて、ナチュラルで爽やかだった。

笑うと少年のように無邪気な印象の彼だが、真顔のときは逆に大人っぽい印象だ。女子社員が揃ってセクシーだと噂する甘口の顔も、服装と髪型のせいか、今日はいつもより色気が抑えられているように感じていた。

一方、横山くんも私の姿に、いつもとは違う雰囲気を感じたみたい。

「へぇ、オフの日はカジュアルなんだ」と言われたのは、その通り。オフィススーツ以外の服は、着心地重視でシンプルなデザインの物が多い。

そして今日は、特に普段着っぽい服を選んだ。デートを楽しみにしていたとか、気合いを入れていると思われないように。

白の九分丈スキニーパンツに、ボーダー柄の半袖チュニック。ボーダーを選んだ理由は、ネットで調べたところ、男性が女性にデートで着てほしくない服装ランキングに入っていたからだ。

フラットシューズに、アクセサリーはなし。ショルダーバッグは出勤用の物、とわざとデートに相応しくない格好をしている。

オシャレじゃないと思ってくれて構わない。こんな女と出かけるのは嫌だと感じて、デートを中止にしてくれるなら、なおのこといい。

そう思っていたのに……「俺、そういうの好きだよ」と笑顔で言われて驚いた。

「ど、どうして？」

「自然体って感じで、なんか嬉しい。それに、紗姫に似合ってる。紗姫ならなに着ても、綺麗に見えるんだろうけど」

ニッコリと無邪気に笑う彼に、戸惑っていた。意地悪な人だと思っていたのに、ここ数日で、彼の私に対する態度は柔らかくなった気がする。どうしてだろう?と疑問に思うと同時に、服装を褒めてくれた言葉に胸がチクリと痛んだ。

横山くんは、素直で純粋な捉え方をする人なんだ。それに比べて私は……。打算的に洋服を選んだ自分の心を、醜《みにく》く感じていた。

開けてくれた助手席のドアから車に乗り込む。運転席に横山くんが座り、ドアが閉められると、ふたりきりの密室空間に緊張が増した。

こういう場合、普通の女性なら期待に胸を高鳴らせるのだろう。でも私がドキドキしている理由は、不安だから。

ほかの人への親切な接し方や真面目な仕事ぶりを見る限り、彼は女性に乱暴するような人ではないと、その点は信用したいと思う。

これが夜の飲み会なら、お酒の影響で彼も野獣に変わる可能性があるが、明るい日差しの中での彼は、見た目的にも爽やかで危険な香りはしない。それでも男性というだけで、不自由な心が勝手に怖がってしまうのだ。

その気持ちを決して表に出さぬよう気をつけながら、「どこに行くの?」と聞いてみた。

ウインカーを出し、車は走行車線に入る。スムーズなハンドル操作で追い越し車線に移動しながら、横山くんが答えた。

「子供ドリームランド」

「え？」

驚いて聞き返した理由は、そこが名前の通り、小さな子供向けの遊園地だから。

東京郊外にあるその場所は、私の実家から車で十分ほどの距離にあるのでよく知っている。小さい頃は家族で訪れ、中学一年生のときは、まだ私の友達でいてくれたクラスの女子たちと遊びに行ったこともあった。

絶叫マシンはなく、メリーゴーランドなどのオーソドックスな乗り物が六つ。それと無料で利用できる大きな公園が隣接していて、遊園地の利用客より公園で遊ぶ親子連れが多かった気もする。

戸惑う私の顔をチラリと見て、すぐに視線を前に戻した彼は楽しそうに笑った。

「言ったよね、遊園地でお子様なデートをしようって」

「うん……」

「デカいテーマパークがよかった？　激混みだろうけど、今から行く？　子供ドリームランドは多分、空《す》いてるよ。単純な遊具しかなくても、はしゃげば楽しい。行列でイラつくよりいいと思わない？」

そう言われたら、そんな気もする。行列待ちの間、横山くんの隣で困るより、単純な乗り物でも待ち時間なく乗れるほうがいい。はしゃぐことはないけれど。

少し考え、「私も子供ドリームランドのほうがいい」と伝えると、「お、気が合った。いい滑りだしだ」と、彼は満足げに頷いていた。

ドライブ中、横山くんは途中で飲み物を買ってくれたり、かける音楽や温度にまで気を配ってくれた。沈黙が続かないように、いろいろな話題を振ってくれたりもする。

彼がモテる理由は、恵まれた容姿と、エースと呼ばれるほど仕事面で活躍しているせいだと思っていたけれど、それだけではないみたい。

こんな風に丁寧に扱われたら、自分に気があるのではないかと普通の女性は誤解してしまいそうだ。今まで嫌な絡まれ方をされていた私は、彼に想われているはずがないけれど、ほかの女性たちは勘違いの末に、チャンスがあると思って彼に告白するんだろうね……そんなことを冷静に考えていた。

一時間弱で目的地に到着し、車から降りた。やっとふたりきりの車内から解放されて、心の中でホッと息を吐き出す。

辺りをざっと見回すと、久しぶりに訪れたこの場所は、記憶の中の景色とほとんど変わっていない。少々古びた印象を受けるくらいだ。

広い駐車場は三分の二ほど埋まっていて、「意外と混んでそうだな」と横山くんが呟いていた。

天気のよい土曜日だから、スカスカというわけにはいかないでしょう。むしろ十一時近い時間に到着しても、まだ駐車場に空きがあることに、経営は大丈夫だろうか？と心配になる。

駐車場から入口まで移動する間、「バッグ持つよ」と、横山くんが手を差し出してくる。

「結構よ」とわざと冷たい声で返事をしながら、今まで何人もの女性に同じ言葉をかけてきたのだろうと考える。断る女性はいたのだろうか？　もしかして私が初めてだったりして……そう思い、彼のプライドを傷つける心配から顔色を窺っていた。

しかし返ってきたのは、ハハッと笑う明るい声。

「言われると思った。じゃあさ、手を繋ごう」

「絶対に嫌」

『なんで難易度を上げてくるのよ』という思いで、今度はキッパリと断った。

すると、からかうように「それも言われると思った！」と笑われる。

「私に触ったら、そこでデートは終了よ」

「それは……言われると思ってなかった……」

どうやらこの会話の勝者は、私らしい。彼の引きつった笑顔が、少し面白かった。

中に入ると楽しげな音楽が聞こえてきて、やはり親子連ればかりだ。賑わっているが混み合うとまではいえない盛況ぶりで、奥に目を凝《こ》らすと、大きな池のある公園に、特に人が多いようだった。

「全種類、制覇しよう！」と、横山くんは腕まくりをしてなぜか気合いを入れている。

全種類といっても、乗り物は六種類しかないけれど……。

まずはコーヒーカップ。懐かしさとともに恥ずかしさを感じるのは、ほかのカップに乗り込んだお客さんのすべてが子供連れだから。

やっぱりここは小さな子供向けの遊園地なのだと再認識する。いい歳した大人の私たちがデートしている姿は、かなり浮いて見えていそう。

係の人がコーヒーカップを順に回って、ドアを閉めていった。

恥ずかしさにうつむいた私に、横山くんは力説する。

「紗姫、こういうのは楽しんだ者勝ちなんだ。童心に帰ってはしゃぐのが正しい行動。

コーヒーカップは全力で回すのが正解だよ。さあ、行くぞ～！」

え、全力で回すって……。

ブザーが鳴り響き、嫌な予感に私は慌ててカップの縁を両手でつかんだ。そして動きだしたカップの中で、私は悲鳴をあげることとなり……。

横山くんは宣言通り、コーヒーカップの中心にある丸テーブルのようなハンドルを勢いよく回したのだ。カップの回転速度が一気に上昇し、すぐに周囲の景色が見えないほどになる。

や、やめて。目が回りそうだし、体が……。

四人定員のカップの中で、私は彼の正面に座っていた。シートベルトのような物はついていないので、遠心力で体がズズズと流され、あっと思ったときには右半身が彼にくっついていた。

「なんだよ、触るなと言っといて、自分からくっついてきてんじゃん」

そう言って彼は楽しそうに笑い、調子に乗ってさらにスピードを上げようとする。

焦った私はコーヒーカップの縁にかける両手に力を込め、なんとか体を離そうともがきながら反論した。

「私のせいじゃないわよ。横山くんが回しすぎるからじゃない。もういい加減に……

キャアッ！」

「おっと、大丈夫？」

距離を空けようとして腰を浮かせたのが悪かったのか、バランスを崩して彼の膝《ひざ》の上に自ら座ってしまった。

「紗姫ちゃん、だいたーん」

私の体に腕を回して支えつつ、茶化す彼は嬉しそう。

横山くんの整った顔が数センチの距離にあり、女性のものとは明らかに違う逞《たくま》しい二本の腕に抱えられ……。一気に込み上げる恐怖に、体が震えていた。

男の人が怖い……。

これは私の不注意からくるアクシデント。横山くんが狙って触ってきたわけではないと頭で理解していても、どうしても恐ろしいと感じてしまうのだ。

私が怯えて震えていることは、動くコーヒーカップの中では気づかれていないのだろう。その証拠に彼は楽しそうに笑い声をあげていた。

やがて終了の時間となり、カップは緩やかに回転速度を落としていく。

たったの一、二分間が、私には数倍の長さに感じていた。体にかかる遠心力から解放され、やっと動けるようになると、飛びのくように彼から離れて距離を取る。心臓がバクバクと鳴り響き、泣きそうな気持ちだけど、それを気づかれてはいけないと、懸命に我慢していた。

「あー楽しかった」と、ひとりだけ満足している横山くんが、完全に止まったカップの中で立ち上がる。

係の人が開けてくれたドアから降りようとした彼は、肩越しに振り向いてやっと私の異変に気づいた。

「ん？　なに固まってんの？」

そう聞くということは、泣きそうな気持ちはどうやら表情に表れていないみたい。よかった……。

地蔵のように固まったまま、大きく波打つ心に落ち着けと言い聞かせていたら、「ごめん、気分悪くなっちゃった？」と勘違いされる。

心配そうな目を向けられ、か弱い女だと思われたくない私は、慌てて「横山くんのせいで目が回って動けなかっただけよ」と言い訳し、ツンと澄ましてカップを降りた。

最初に乗ったコーヒーカップが強烈だったので、その後の回転ブランコやミニＳＬに乗る時は、ずいぶんと気持ちが楽だった。

園内を五分ほどかけてゆっくりと進むミニＳＬ。短いトンネルが一ヶ所あるだけの実に単調なアトラクションで、一緒に乗り合わせた小さな子供たちはキャッキャとはしゃぎ、あどけない笑顔で楽しんでいた。

汽笛が鳴るたび、子供と一緒に「ポッポー！」と大声を出しているイケメンが私の隣にいるけれど、それを無視して子供の頃を思い出していた。

ひとりっ子の私は、両親に甘やかされて育てられたと思う。遊園地に行きたいと言えば、大抵ダメと言われず、ここに連れてきてもらえた。このミニＳＬも何度も乗った記憶がある。

楽しかったな……今はしゃいでいる子供たちと幼い頃の私は、なにも変わらない。

ゆっくりと流れる景色を見ながら感慨にふけり、自然と頬がほころんでいた。すると隣でカシャリとシャッター音が聞こえ、ハッとして横山くんを見た。

「いい顔してた」と言う彼の手にはスマホがある。ニッと笑って見せられたのは、柔らかく微笑む私の横顔だった。

「消してよ」

「ヤダ。紗姫の笑顔は貴重だから、デート記念に保存しておく」

「勝手に記念にしないで」

「そう怒るなって。俺はただ、紗姫に楽しんでもらいたいだけなんだ。さっきみたいに笑ってれば、自然と周りに人が集まってくるのに」

横山くん……彼の言葉が心に刺さる。

なぜか私に優しく接してくれるようになった彼。今の言葉も、この前の大会議室で言われた仲良くしたいという言葉も、彼の本心だと思っていいのだろうか？

これまでの迷惑な対応を考えれば、疑ってしまう。でも、もし本心だとしたら……。

その気持ちは嬉しいけれど、やっぱり困る。壁を作らないと身を守れないから。つらい過去に戻らないようにするために、仲良くすることはできないんだよ。特に横山くんのような、女性にモテる男性とは。

ミニSLは、公園の木々の間を走り抜ける。

木陰の涼やかな風が頬を撫で、私のひとつに束ねた長い髪が、背中でサラサラと揺れていた。

優しい笑顔を向けてくる彼に、気づけば「ありがとう」とお礼を言っていた。

彼の眉が少し上がり、意外そうな目で見られる。

いけない……素直にお礼を言うなんて、私のキャラじゃなかった。それに気づいて慌てて言葉をつけ足す。「その画像、ほかの人に見せたら怒るから」と。

どうも横山くんといると、調子が狂う。仮面がずれて、素顔を見られそうで焦ってしまう。

「えー、紗姫がこんな風に笑うところ、みんなにも見せてあげたいのに」

茶化すような言い方で、私の壁を崩そうとする彼に、「ダメよ。今日のデートについても口外禁止」とピシャリと言い放つ。

「もし、話したら?」

「横山くんと二度と口利かない」

「それは嫌だ……」

横山くんのペースに流されないようにしないと。

そう思い、これ以上のボロを出さないように、気を引きしめ直した。

ミニSLは園内を一周してもとの場所に戻り、停車した。

「もう少し歩み寄ってほしいけど……ま、少しずつか」と独り言を呟いた彼は、次に私をゴーカートに誘う。

古タイヤが積まれたクネクネ曲がるサーキットには、子供を助手席に乗せてゆっくり走る父親たちのほかに、ビュンビュン飛ばして競争している小学生男子たちもいた。

私たちは十人ほどの短い列に並ぶ。

「へぇ、結構スピード出せるんだ。面白そう」

そう言った彼は、子供のように無邪気に目を輝かせる。そして楽しそうな小学生男子のレースから私に視線を移し、ニヤリと口端を上げた。

「紗姫、免許持ってる？」

「一応。ペーパーだけど」

「じゃあ二十秒のハンデをあげる。昼飯かけて勝負しよう！」

ここのサーキットは幅が広く、追い越しができるからレースがしやすそうだ。しかもカートを三台横並びにさせたスタート地点の一台分は〝時間差スタート用〟と書かれているので、ハンデをもらっても、後ろに並ぶお客さんに迷惑をかけずに済むみたいだ。

それで、軽い気持ちで頷いた。遊具に乗るための一日券は横山くんが買ってくれたから、むしろ昼食代くらいは出させてほしいと思っていたし。でも二十秒もハンデをもらったら、私が勝ってしまいそう。

サーキットコースはそれほど長くない。一回の入場で二周までとなっているけど、三分もあればゴールとなりそうだった。

昼食代を払いたいから、負けるためにあまりスピードを出さないようにしよう。そう考えていたのに……。

順番が来て一台ずつのカートに乗り込んだ。

運転をするのは大学時代に教習所に通ったとき以来で、かなり久しぶり。ハンドルを握るとなぜか急にワクワクして、気持ちが昂《たかぶ》るのを感じた。勝った、負けたと、大騒ぎして引き上げていく小学生男子に触発されたのかもしれない。

隣のカートから「よーい、スタート！」と横山くんの大声を聞いたら、当初の気持ちとは真逆に、思いっ切りアクセルを踏み込む私がいた。うなりをあげて走りだすカートに興奮する。

自分で運転するのって、こんなに楽しかったっけ……。

しかし、そう思った途端に、ふたつ目のカーブで古タイヤの壁に車体をぶつけて止まってしまった。

慌ててバックして再び走りだしたら、「下手くそ！」という声が聞こえ、横山くんのカートが真横をハイスピードで追い越していった。

ああっ、二十秒もハンデをもらったのに、早くも抜かされるなんて……。

追いつこうと焦るほどに、なぜかタイヤの壁に車体をすりつけるセンスのない私。

結局、二度抜かされ、周回遅れにされて、横山くんからかなり遅れてのゴールとなった。

サーキットから出ると、私を待っていた彼に笑われる。

「紗姫、免許持ってても車の運転しないほうがいいわ。すげー下手」

「うっ……」

自分でもそう思ったから、言い返す言葉はない。でも、そんなに笑うほどのことだろうか？

肩を揺すり、大口開けて笑う彼。楽しそうなその顔を見て、つられて笑いそうになるのをこらえていた。

私って、人を笑わせたり楽しませたりすることができない人間だと思っていた。同性に至っては、存在自体が目障りだと思われていそうな気もする。

だから、横山くんがこうして笑ってくれることが嬉しかった。「もう一回乗りたい」と、勝手に口が動いてしまうほどに。

「いいよ。次はハンデ四十秒に……いや、一周のほうがいいかな」

「一周もいらないよ！　さっきは、ハンドル握るのが久しぶりだったから失敗しちゃったけど、次はきっと勝てると思う」

「マジで言ってんの？　じゃあハンデ四十秒。リベンジを認める代わりに、昼飯にプラスしてデザートのアイスもかけてよ」

「望むところよ！」

ゴーカートは思いの外《ほか》面白かった。楽しいけれど、おかしい。倍のハンデをもらったのに、どうして勝てないのだろう？

二回目も、三回目も負け、五回続けて挑戦したのに一度も勝てず。

出口から出たところで「六回目やる？」と笑う彼に、帽子を被り直して「もういい」と頬を膨らませた。

「いじけるなって」と言われたが、勝てないことに機嫌を損ねているわけじゃない。

相手は横山くんなのに、まるで友達と遊園地に来ているようで楽しくなって、その気持ちを悟られないように笑顔を我慢しているのだ。

本心を隠して「次、行くよ」と、ツンと澄まして歩きだす。

あと乗っていないのは、メリーゴーランドと観覧車だけ。観覧車は……ふたりきりの空間にきっと怖くなるだろうから、できれば乗りたくない。

そんな気持ちで遊園地のちょうど真ん中にあるメリーゴーランドの前で足を止めたが、メルヘンチックな外観と白馬や馬車を間近で見て、恥ずかしさが急上昇した。観覧車と別の意味で、これに乗るのは無理かもしれない。

お姫様のコスプレをした幼稚園児くらいの女の子が馬車に乗り、外でカメラを構える両親に向けて可愛らしく手を振っていた。お姫様を夢見ていいのは、あの子くらいの年齢までだろう。

いい歳した私が、シンデレラに出てくるような馬車に乗るなんて……。

一応順番待ちをしているけど、前にも後ろにも、並んでいるのは親子か低年齢の女の子ばかり。

隣に立つ横山くんは一見平然としていても、男性の彼はきっと、いや絶対に私より恥ずかしいはず。メリーゴーランドは『やめよう』と言えば、ふたつ返事で了承してくれるものだと思っていた。それなのに……。

「やっぱり、これは無理だよね」と言ったら、「なんで？」と聞かれて驚かされる。

「横山くんは恥ずかしくないの？」

「なんで恥ずかしいの？」

「え？」

お互いに疑問で答え合い、思わず見つめ合ってしまった。

やっぱり調子が狂う。彼と話していると高飛車女を演じることを忘れそうになり、口を半開きにしたまま目を瞬かせる私は素顔に近い。

私と彼に共通しているのは、年齢と職場だけ。性別も育ってきた環境も違うのだから、共感できないことがあっても不思議ではない。それでもメリーゴーランドに関してだけは、私の恥ずかしさを全く理解しない彼の思考に驚いていた。

晴れた空の下では、彼の瞳は綺麗な茶色に見えた。本当に恥ずかしさを感じないのだろうかと、その目の奥をマジマジと覗き込む。

すると、横山くんの瞳が揺らめいて、その頬にわずかに赤みが差した。

メリーゴーランドに関してそう思わなくても、人にじっと見られることには恥ずかしさを覚えるみたい。失礼なことをしたとハッと気づき、慌てて目を逸らしたら、照れたような響きのこもる声で言われた。

「俺たちって、考え方が全然違うみたいだね」

「そうね」

「ヤバイな……俺、昔からそういうのにハマるタチなんだ」

それは、どういう意味だろう?

普通は自分と考え方が大きく異なる人とは、距離を置きたいと思うはず。

それなのに、好意的とも取れる言い方をされ、意味がわからず「どういうこと?」と聞き返した。

しかし説明はもらえない。暑いのか、Vネックの白いTシャツ姿になった彼は「持ってて」と、脱いだ水色のカッターシャツを私の腕の中に放り込んだ。

「え、まさか……」

ひとりで乗るつもりだろうかと目を丸くする私に、横山くんはニッと笑う。

「二十七歳の男でも、メリーゴーランドを楽しめるところを見せてあげる」

セリフはおかしいが、まるでこれから戦いに臨もうとしているヒーローのように少々カッコつけて言った。そして、遊具に繋がる三段のステップを本当に駆け上がり、白馬にまたがった。

一度止まったメリーゴーランドは、お客さんを入れ替えて再び回りだす。ファンタスティックな旋律のメロディーに、上下にゆっくりと動く白と茶色の馬。キラキラした飾りが陽光を反射させて、より一層輝いていた。

馬にも馬車にも、乗っているのは小さな子供とその親ばかり。男の子よりも女の子の割合が圧倒的に多く、小さなお姫様でいっぱいだった。

そんな中で、大人の男性おひとりさまの横山くんは、明らかに浮いている。

彼のシャツを両腕に抱きしめ、回るメリーゴーランドを呆気《あっけ》に取られて見つめる私。

彼は、私の前を通るたびに「イエーイ！」と左腕を突き上げ、満面の笑顔を振りまいている。

そんな彼を見ながら私の脳裏には、社内で彼について噂する女子社員たちの声、過去五年分が勝手に再生されていた。

入社間もない頃は『新人の可愛いイケメンくん』と言われ、月日が経つと『大人っぽくなったよね』という評価がつけ足された。そんな彼は今現在、『甘口イケメンフェイスで、目元がセクシーな大人の男』というイメージが固定されている気がする。

私は知らなかったから驚いているけれど、ほかの女子社員のみんなは知っているのだろうか？　彼がメリーゴーランドでひとり、大はしゃぎする男だということを……。

抱きしめる彼のシャツからは、甘い香水の香りが微かに漂ってくる。

いつの間にか演技することを忘れ、完全に素の自分に戻ってポカンと口を開けていたら、目の前を五歳くらいの男の子とその母親が通りかかった。

「ママ、あれ見て」と足を止めた男の子の人差し指は、「イエーイ！」とはしゃぐ横山くんに向けられている。

「大人なのに、子供みたいだね」

「こら、指差しちゃダメ。世の中には変な大人もいっぱいいるの。ヒロくんは、あんな大人になっちゃダメだよ」

「うん、わかった」

それだけ話すと、親子は私の前から去っていった。

〝変な大人〟呼ばわりされてる……。

ちょうど音楽と回転が止まって、客が入れ替わっていく。

なに食わぬ顔して下りてきた横山くんを見て我慢できなくなり、私はついに噴き出してしまった。

うちの社の一番人気の男性で、女子社員の憧れの的なのに、変な大人って……。

デートを楽しんでいると思われたくないし、打ち解ける気もさらさらない。笑うのをやめなければと思うのに、どうにも止まらなくなっていた。

どうしよう……腹筋がつりそう。

横山くんのシャツを抱えたまま、しゃがみ込んで笑い続ける私の目には、じんわりと涙が滲《にじ》んでいた。

「そんなに『イエーイ』が面白かった？　紗姫の笑いのツボって、案外浅いところにあるんだな」

おかしいのはそれじゃなく、さっきの親子の会話で。

説明してあげたいが、笑いが収まらなくてしゃべれなかった。楽しんではいけないのに、楽しくて。笑わないほうがいいのに、おかしくて。

私の前にしゃがみ込んだ横山くんは「紗姫が笑ってくれるなら、もう一回、ひとりで乗ろうかな」と嬉しそうに言って、一緒に声をあげて笑ってくれた。

私、横山くんのこと、勘違いしていたのかもしれない。意地悪だと捉えていたことも、よくよく考えてみれば、会話のきっかけにしたかったのだろう。彼を迷惑な人にさせていた原因は、ツンケンした態度を取り続ける私自身にあったということだ。

彼は同期だから仲良くしたいと言ってくれた。その言葉はきっと彼の本心。彼を取り巻く楽しそうな輪の中に、私も入れてくれようとしているのかもしれない。横山くんは意地悪なんかじゃなく、私にも優しい人だった。

今まで散々嫌な態度を取ってきた私と、仲良くしたいと思ってくれるなんて……でも、ごめんね。このデートが楽しくても、臆病な私はやっぱり仮面を外せない。


メリーゴーランドの後は、勝てないゴーカートレースをもう三回やって、時刻は十四時になった。ここに来る前は、数時間でも耐えるのが大変だろうと考えていたのに、あっという間に時間が過ぎていたことに驚いていた。

「腹減った〜。そろそろ昼飯にしよう」と言われて頷き、フードワゴンに向かう。

縞々《しましま》の三角屋根のフードワゴンは、園内にふたつだけ。ひとつはアイスクリームとポップコーンのワゴンで、もうひとつはハンバーガーとホットドッグなどの軽食販売のワゴン。

ほかに食事を提供している場所はないので、この遊園地に来る際にはお弁当持参か、フードワゴンかの二択だった。

ゴーカートで負けた私が、ふたり分のホットドッグを買う。しかし、飲み物のアイスティーとコーラは横山くんが買ってくれて、乗り物のチケットも購入してくれたので、結局はデート代のほとんどを彼に支払わせたことになる。

それを気にする私の気持ちは、「細かいことは、いーって」のひと言で片づけられ、遊園地の奥にある広い公園内のベンチに座った。

目の前には、大きな池。水面に夏の日差しが反射し、キラキラと輝いている。貸しボートは盛況で、親子を乗せたカラフルなボートが二十艘《そう》ほど、池に点在していた。

周囲には、バドミントンをしている小学生くらいの女の子に、ボールを蹴っている父親と小さな男の子。三輪車を漕《こ》いでいる女の子に、サンシェードテントを張って、中で昼寝をしている大人の姿もある。

いかにも休日の公園といった雰囲気のここは、ゆったりと時が流れているようで心地いい……。

横山くんの隣でホットドッグを食べながら、ぼんやりしていた。目一杯、遊んで疲れてきたからか、のんびりとした周囲の空気と、涼しい木陰の風に吹かれているせいか……。三十センチもない距離に男性である彼が座っていても、不思議とリラックスしていられた。

私の手の中には残りふた口分のホットドッグがあるけれど、横山くんはとっくに食べ終えている。長い足を前に投げ出し、ベンチに浅く腰掛け、両手を頭の後ろに組んであくびをしている彼。横山くんも、このまったりした空気に溶け込んでいるのがわかった。

あれだけハイテンションに子供のように遊べば、あくびのひとつが出るのも無理はないよね……。

水面を見つめる彼が「この後ボートに乗る?」と聞いてきた。

「乗らない」と即答したのは、恐怖を感じてしまうだろうから。今こうして気を抜いていられるのは、逃げ道があるからだ。でも、ボートに乗って水の上に出れば、勝手に逃げることはできないもの。

理由は聞かれず「ん、わかった」とだけ言って、彼は池から私に視線を流した。

じっと見られると食べにくいのに……そう思いながら、残りふた口のホットドッグを食べ終え、アイスティーで喉《のど》を潤《うるお》す。

するとと、まだ私に視線をとめている彼が、クスリと笑いながら言った。

「ケチャップ、ほっぺについてる」

その言葉と同時に腕が伸びてきて私に触れようとするから、急に緊張が走り、慌てて体を横にずらしてその手を避けた。

「触ったら、デートはおしまいって言ったでしょ！」

「えー、ケチャップ拭いてあげようとしただけなのに？」

「自分で拭く。下心がないのはわかってるけど、とにかく触らないで」

「なんか……振り出しに戻された気分……」

急いでバッグの中から鏡を取り出し、顔を映す。確かに左頬に、薄く線を引いたようにケチャップがついていた。

子供みたいで恥ずかしいと思いながらティッシュを出して、鏡を見ながら拭き取る。

すると、「使ってくれてんだな、それ」と呟く声がして、ハッと気づいた。

顔を映している鏡は、横山くんがインド出張のお土産にくれた布張りのコンパクトミラーだ。あえて持ってきたわけではなく、通勤用のこのバッグに、ずっと入れっぱなしにしていたのだ。だから、深い意味はないのに……。

「すげー嬉しい、ありがとう」と極上の笑顔を向けられて、心臓が大きく跳ねた。

「もらったのは私で、横山くんはくれたほうなのに……」

だから、お礼を言われるのはおかしい気がした。

「うん、でもありがとう。贈った物を使ってもらえるのって嬉しいじゃん」

横山くん……整った笑顔を見ながら、考え込む。そう言われたらその通りかもしれないけれど、私にはなかなか言えないセリフだ。言われるだけでも恥ずかしく感じてしまうもの。

そんな言葉をサラリと口に出せるのは、横山くんが素直な性格だからなのか。

みんなが彼の周りに自然と集まっていく理由は、こういうところにもあるのかもしれないね……。


一時間近くベンチでゆっくりと休憩し、ゴミを片づけて立ち上がる。

公園から遊園地のほうへ戻りながら「なに乗る?」と彼が聞く。

「うーん……」

一度休んでしまうと、さっきみたいに気持ちを盛り上げることが難しい。ムキになったゴーカートも、今は乗りたい気分ではなく、メリーゴーランドに横山くんがひとりで乗る姿を見ても、もう大笑いできない気がした。

消去法でミニSLかと考えながら歩いていると、「紗姫、アレやろう」と彼が出口付近を指差した。

そこには、縁日で見かけるようなテントの屋台がひとつあり、『クジ引き』と書かれていた。

近づくと、暇そうにしていた店のおじさんが「いらっしゃい！」と作り笑顔で私たちを呼び寄せる。

透明な球形のプラスチックケースの中に、三角形の紙のクジが大量に入っていて、吹き出す風でグルグルと回転していた。どうやらその中に手を入れて、クジを引く仕組みになっているみたい。

テントの中に並んでいる景品は、どれも子供向き。スーパーボールに水鉄砲。アニメキャラクターのシールに、ソフトビニール製の恐竜フィギュア。犬の形の風船にプラスチックの車がついた、引いてお散歩できるおもちゃなど、いろいろある。

「紗姫、なにが欲しい？」と横山くんに聞かれて困った。

どれもいらないよ……。

そんな気持ちが顔に表れていたのか、私が『いらない』と言う前に店のおじさんが口を挟んできた。

「兄ちゃん、綺麗な姉ちゃんに指輪取ってやんなよ」

おじさんの指差すほうへ視線を向けると、確かにテントの奥に指輪があった。もちろんおもちゃの。

十歳以下なら嬉しかったかもしれないが、二十七歳にもなっておもちゃの指輪を欲しいと思えない。しかも一回五百円のクジは高い気がする。

しかし横山くんは「よっしゃ！」と気合いを入れて、お金を払い、紙のクジが風で回転しているケースの中に腕を入れた。

「兄ちゃん、指輪は五等な」

「五等、来いっ！」

彼の長い指が一枚のクジを捕まえて引き抜いた。店のおじさんがそれを開くと……

「やった！」と横山くんが腕を空に突き上げる。どうやら本当に五等を引いたようだ。

「兄ちゃん、やるな～」

「まあね、運だけで人生渡ってきたようなもんですから」

そう言って笑う彼だが、仕事面では決してそんなことはない。横山くんが真面目に努力しているのは知っている。運だけでは、エースと呼ばれる出世頭になれるはずがない。
二、三歩下がった位置で、彼と店のおじさんの会話を聞いていたら「紗姫、指輪を選んで」と呼び寄せられた。
テントの奥にあった指輪のケースを、おじさんが目の前まで持ってきてくれる。

どれでもいいのにと思っていたけれど、間近で見ると思ったよりデザインが凝っていて、素敵に思えた。

シルバーリングの先に、星型、花型、球形、ハート、ダイヤと五つの形で五色ずつの指輪が並んでいる。本物の宝石にはないポップな可愛らしさに惹《ひ》かれた私は、気づけばどれにしようかと真剣に選んでいた。

どれも素敵だけど……「これがいい」と手に取ったのは、透明な水色のプラスチックを花型にカットしたシルバーリング。リングの部分は多分アルミ製で、五百円もしないチープな品物だとひと目でわかるのに、すっかり気に入った。

小さな子供向けなので小指にしか入らない。そっと左手の小指に通すと、子供の頃に感じた濁《にご》りのない純粋な喜びが心に広がり、「嬉しい」と、つい彼に笑顔を向けていた。その直後に、またしても私のキャラじゃないことをしてしまったとハッとする。

横山くんといると、調子が狂って困る……。

内心うろたえる私の前で、なぜか彼の小麦色の頬が薄っすら赤みを帯びる。ニヒヒといたずらっ子のような笑みを浮かべた後、彼は茶化すように言った。

「いつか俺の奥さんになる日が来たら、本物の指輪を買ってあげるよ」

まるでプロポーズのようなそのセリフに、心臓が跳ねる。しかし、それに気づかれないように、わざとツンと澄まして言い返した。

「そんな日が来るはずないでしょ。本物よりこれがいい」

「あちゃ～、振られた～」

大げさに肩を落としてみせる彼に店のおじさんは笑い声をあげ、私もクスリと笑っていた。

話の内容はずいぶんと違うけれど、こうやって冗談を言い合う友達が、かつて私にもいた。中学で仲のよかったユウ、アヤ、チナツ。もう友達じゃないと言われる前に、女子四人でこの遊園地に遊びに来たことがあったっけ……。

横山くんに背を向け、遊園地全体を見回しながら、過去を懐かしみ、切ない気持ちになっていた。

あのときは楽しかったのに、ユウが好きだった男の子が、私に近づくから仲間外れにされた。そう、男の子のせいで……。

ユウたちは元気にしているだろうか。大人になった今、もしどこかでバッタリ出会ったなら、仲がよかったあの頃のようにもう一度笑い合えないだろうか。

無理かな……かなり嫌われてしまったし……。

クジ引きのテントから離れ、足早に歩きだした。どこかに向かおうとしているのではない。立ち止まっていたら、苦しい過去に押し戻されそうな気がするから。

歩きながら自分に言い聞かせる。昔の友達にこだわるのは、いい加減にやめないと。ユウもアヤもチナツも、今の私には関係ない。桃ちゃんという大切な友達も新しくできたし、男性からのアプローチだって、今は上手くかわして生きている。

どうしていいのかわからず、泣くだけだった昔とは違うから大丈夫なんだよ……。

「紗姫、待ってよ。急にどうしたんだよ！」

歩きだした私にすぐに追いつき、横山くんが隣に肩を並べた。

焦ったように顔を覗き込まれ、我に返って足を止めた。

しまった……今、横山くんの存在を忘れていた。

ふと過去を思い出したら、いつもこうなる。苦しさが蘇り、とにかくそこから逃げ出したくて周囲を気にすることを忘れてしまうのだ。

心配そうな目を向けられて、どうしようと心の中でうろたえる。過去の思い出から逃げたくて……とは説明できないので、「これに乗りたくて」と一番近くにあった乗り物を指差した。

あ……これ、観覧車だ。

一番避けたい乗り物だったことに気づき、今度はそのことでうろたえる。

密室に男性とふたりきりになるのは、できるだけ避けたい。横山くんに下心がなくても、不自由な私の心が勝手に怖じ気づいてしまうから。

やっぱりミニSLにしたいと言い直そうとしたが、先に横山くんに「俺も乗りたい」と言われた。

「これ乗ったら帰るか。昼間のデートって約束だし。締めはやっぱ観覧車だよな」

「そう、だよね」

これに乗ればデートはおしまいで、帰ることができる。そのことにホッとして、観覧車に乗ろうという気分になれた。一周たったの十分ほどだもの、それくらいは耐えられる……と思いたい。

観覧車の列に並んで順番を待っていると、前に立っているふたり組がカップルだと気づく。

中学生……いや、高校生くらいか。ふたりは手を繋いでいるけれど、指先を引っかけるようなぎこちない繋ぎ方で、目を合わせることもない。会話も少なく、付き合いたてなのかと思わされるような初々しいカップルだった。

ほとんどが親子連れの中、私たち以外にもデート中の人がいたのかと、なんとなく気になった。

順番がきて、高校生カップルは十九と番号の振られた赤いゴンドラに乗り込み、私たちは二十番の青いゴンドラに乗る。

四人乗りのゴンドラに向かい合わせに座る。ゴンドラが小さいせいか、それとも横山くんの足が長いからか、膝が触れそうで体を少し斜めにして、ゴンドラの側面の窓から外の景色に目をやった。

係の人にドアを閉められると、鼓動が二割増しで速まる。その理由は、もちろん嫌な緊張感に襲われているから。

数時間のデートの間、横山くんからは危険な香りはしなかった。子供っぽくはしゃいで楽しませてくれたり、つい友達みたいな感覚に陥りそうな瞬間もあった。だから横山くんに下心はないのだと、安心している。

それでも予想通りというべきか、狭い密室に男性とふたりきりになると、条件反射で怖いという気持ちが湧いてくるのだ。

なるべく横山くんのことを気にしないように、ゆっくり上昇する景色に意識を集中させようと試みる。

地上十五メートルほど上がったところで、遊園地全体が見えてきた。

ゴーカートのクネクネ曲がるコースを上から見下ろすと、黒い蛇《へび》みたい。下からではわからなかった、メリーゴーランドの屋根に描かれた絵も見えた。

紺色に塗《ぬ》られた丸い屋根に、散りばめられた星と三日月の絵。子供の頃はこの絵を綺麗な夜空だと感じていたはずなのに、今はそう思えない。昔と変わらない絵柄を見て、メリーゴーランドの屋根はずっと夜のままなのかと考えていた。

太陽が昇り、朝が来る日は、永遠に来ないのかと……。

暗い考え方をしてしまうのは、きっと不安のせい。

横山くんは、なぜか話しかけてこない。その代わりに、私を観察するような彼の視線を、さっきからずっと視界の隅で捉えている。

それに気づかないフリをしているが、私じゃなく外の景色を見ればいいのにと、心の中で不満を呟いていた。

ゴンドラはどんどん上昇し、広い公園の全体が一望できるほどになる。公園の風景は平和に見えた。木々の緑と池の青、空の水色、そのコントラストに少しだけ緊張が和らぐ気がしたのだが……。

さらに視点が上がりゴンドラが頂点にくると、見たくないものを見てしまった。

それは、暗い思い出の詰まった中学校。

私の実家はここから車で十分ほどの距離にあり、徒歩圏内にある中学校に通っていた。点のように小さな民家の屋根がひしめく中に、当時通っていた中学校の校舎とグラウンドを見つけたのだ。

途端に込み上げる苦しさと、悲しみ。

無意識に服の胸元を右手で握りしめていて、その手が微かに震えていた。

「紗姫？」

横山くんの呼びかける声が耳に聞こえていても、頭の中まで届かない。

遠くに見える三階建てのコンクリートの塊には、私の涙が染みついている。ユウを裏切ったと誤解されたことが、私が女子に嫌われることになった最初の出来事で、とりわけ大きなショックとして記憶に刻み込まれていた。

しかし、高校に行っても同じ。いや、告白ラッシュに遭い、大変な目に遭う頻度としては高校のほうがひどかった。話したこともない男の子たちが、私の性格なんか知らないくせに、好きだと言って攻めてくる。

中学校を見つけてしまったことにより、嫌な思い出が次々と勝手に蘇り、涙が出そうになっていた。

いけないと思って、慌てて視線をコンクリート校舎から引きはがし、体をひねって真後ろを見た。

後ろもガラス張りなので、景色がよく見える。ただ景色を邪魔するような観覧車の鉄の支柱がすぐそばにあり、十九とナンバーの振られた隣の赤いゴンドラも目に入る。

私が乗っている二十番のゴンドラは頂上を過ぎ、下降を始めたところで、斜め下に位置する十九番のゴンドラの中がハッキリと見えていた。

そこに乗っているのは、初々しいと感じた高校生カップルで、向かい合わせではなく隣同士に座っている。男の子の手が彼女の頬に触れると、ふたりは顔を近づけ、キスを……。

観覧車がそういう乗り物だったと、ハッと気づかされた。デートの最後に観覧車でキスをするというシーンは、ラブストーリーの王道だと知っている。

並んでいるときのふたりが初々しく見えたのは、この展開を期待してモジモジしていたからだろうか？

私も今、横山くんとデート中で、『締めはやっぱ観覧車だよな』と言われた。

もし横山くんが、あのふたりと同じことを企んでいたとしたら、どうしよう……。

「紗姫……紗姫……紗姫！」

「えっ、な、なに？」

何度も呼びかけていたらしい横山くんの声が、やっと頭の中に届き、怯えながら返事をした。

心配そうな顔で、彼はほんの少し身を乗り出す。

「すげー震えてるよ、どうした？」

「あ、これは……」

指摘された通り、ごまかせないほどに体がブルブルと震えていた。冷や汗が背中を伝い、呼吸も速く浅くなっている。

中学校の校舎を見つけたせいで、自分は男性が怖いのだと改めて強く感じていた。それに加えて高校生カップルのキスシーンを目撃し、自分の身にも同じことが起きるのではないかと危ぶんでいる。

だから震えるのも無理はないと思うけれど、高飛車女のイメージを崩すわけにもいかず、私は咄嗟《とっさ》に嘘をつく。

「高所恐怖症で……」

本当の恐怖の対象は高所ではなく、心配してくれる横山くんなのだが、彼は大きく息を吐き出して、私の嘘を信じてくれたみたい。

「そういうことは、乗る前に言ってよ」と呆れた声がした。

その直後にギシッとゴンドラが軋み、揺れと傾きを感じる。

「キャア！」と思わず叫んだ理由は、彼が私の横の狭いスペースに無理やり移動してきたからだ。精一杯、端に寄っても、どうしても体がくっついてしまうのに。

どうして急に隣に……やっぱり横山くんにも下心が……。

焦りと恐ろしさでますます震えがひどくなり、涙が滲んできた。怖い、怖いと思っていると、頭からバサリと水色の布が被せられた。

これは、横山くんが着ていたカッターシャツ。どうして？と思うと同時に、体が締めつけられた。横山くんがシャツの上から腕を回し、突然抱きしめてきたのだ。

「直接触ったら怒られるから、シャツ越しな。こうすれば、少しは安心できるだろ？」

抱きしめてきた理由は、下心ではなく、彼の優しさ……。

それを理解しても、こんなことをされたら、さらに震えは増すばかり。両手で彼の胸元を押し返そうとしたが逆効果で、私を抱きしめる腕にさらに力が込められた。

布越しに筋肉質の体を感じ、パニック寸前。頬は彼の鎖骨付近に押し当てられ、甘い香水の匂いがハッキリと感じられた。「大丈夫だよ」という低い声が耳元で聞こえると、息ができないほどおののいてしまった。

「や、やめて……離して……」

涙声で懇願するが、横山くんの腕は解けない。

「こんなに震えてんのに強がるなよ。もうすぐ着くから、それまでこうしてたほうがいいだろ」

違う……違うのに……私は横山くんが怖いんだよ。

ついに溢れだした涙が、水色のシャツに吸い込まれていく。それが彼の肌にも伝わったようで、「泣いてんの？」と驚いているような、心配そうな声で問いかけられた。

「お、お願い離して……もう、限界なの……」

尋常じゃない震えと涙。心配してくれる彼の腕を拒むセリフ。

横山くんもなにかおかしいとやっと気づいたようで、腕の力が急に緩んだ。

もがくように急いで彼から離れ、向かいの席に避難する。震える手で水色のシャツを頭から外したら、涙で滲む視界の中で、戸惑う彼と目が合った。

「まさか、紗姫って……」

ちょうど乗降口に戻ってきたところだった。

係の人がドアを開けてくれるとすぐに、私は外へ飛び出した。足がまだ震えているので、たった三段のステップを踏み外して転んでしまう。

真っ青な顔で慌てふためく私に、並んでいる数人の訝《いぶか》しげな視線が突き刺さる。

注目を浴びる恥ずかしさと、横山くんから少しでも遠くに逃げたい気持ちから、急いで立ち上がり、駆けだした。

遊園地の出口に向けて走る私。後ろに足音が迫ってきて、すぐに腕をつかまれた。

「紗姫っ！」

「ヤ、ヤダッ、離して！」

彼の手を全力で振り払い、その反動で後ろに二、三歩、よろけるように後ずさる。

恐ろしさの波はまだ引いてくれず、気持ちも鼓動もしばらく落ち着きそうになかった。

私が高所恐怖症だなんて言ったから、彼は私を抱きしめた。横山くんは悪くない。

こんな私を気遣ってくれる優しい人だということは、デートをしてみて、よくわかった。見た目だけではなく、内面でも女子社員を惹きつけているのだろう。それでも今、私は彼を恐れている。

いろんな感覚がある中で、特に痛覚が優先されると、以前どこかで聞いたことがある。それは痛覚が命を守るのに最も重要な感覚だから。きっと恐怖もそれと同じで、いろんな感情の中で優先されてしまうのだろう。

だから横山くんがどんなに優しくしてくれても笑わせてくれても、一度怖いと思ったら、それまでの楽しさが簡単に恐ろしさに上書きされるのだ。

ショルダーバッグを胸に抱きしめて震える私を、横山くんは困惑した様子で見つめていた。それから彼は、恐る恐る聞いてくる。

「高所恐怖症じゃなくて、男性恐怖症なの？」

言い当てられてギクリとした。

横山くんの勘が鋭いというより、あんなにあからさまに怯えては、気づかれるのも当たり前かもしれない。それでも、この期に及んで、なんとかごまかそうと考える。

「ち、違うわよ。この私が、男性なんかに怖じ気づくわけがないでしょう……」

高慢な女のイメージが崩れ、気の弱いただの泣き虫だとバレたなら、きっと男性からの強引な誘いが増えることだろう。

すると、たちまち女子社員から敵認定され、学生時代のようなつらい過去に逆戻り。地獄《じごく》を見るのは、もう嫌だ……。

横山くんと二メートルほどの距離を空けて、向かい合わせに立っていた。

男性恐怖症を否定したのに、彼はまだ怪しむように私を見ている。

半歩近づいてきたので、私も半歩後ずさる。

すると「ほら、やっぱり怖がってるじゃないか」と追い打ちをかけられた。

「違うと言ってるでしょう。これは……」

「これは、なんだよ。どうして俺が近づくと逃げるんだよ」

「こ、これは……嫌、だから。逃げるのも震えるのも全部、横山くんが嫌いだから」

その瞬間、彼はショックを受けたように顔を強張《こわば》らせ、私はハッとさせられた。

ごまかしたくて言った『嫌い』という言葉。横山くんはなにも悪くないのに、なんてひどいことを……。

ユウたちに非難された中学のあのとき、私は悪くないのにどうして嫌われなければならないのかと、悲しくて泣いた。とても傷つくと知っているのに、横山くんに同じ言葉をぶつけてしまった。

「ごめんなさい」とすぐに謝ってはみたものの、嫌いじゃないと言い直すことができない。観覧車の中で震えて泣きだした理由も、近づかれることを拒む理由も、説明できなくなるからだ。

フォローもできず、ただ傷つけた彼の気持ちを心配するしかできない私。そんな私の前で、横山くんがニッコリと微笑むから驚いた。

「そっか、俺のことが泣くほど嫌いか。仕方ないよな。これまで好かれるような態度取ってこなかったし、自業自得」

「あ、あの……」

「ごめんな。今日は、かなり無理して付き合ってくれてたんだな。ありがとう。……帰ろっか」

傷ついてないの？　笑顔を見せてくれる彼に、一瞬そんな期待を抱いたが、すぐに違うと気づく。

目が悲しそう……。

みんなの輪の中にいるとき、彼はこんな目をして笑わない。もっと明るく、力強く、輝くような目で笑う人だもの。傷ついてもなお、笑顔を向けてくれる横山くん。それはきっと私のためで、その大人の優しさに心が痛み、自己嫌悪する。

私はなんて嫌な人間なのだろう。なんて臆病なのだろう。

わかっていても、素顔を見せる気持ちは起きなかった。横山くんから目を背《そむ》け、足元を見たまま言う。

「私の実家、ここから近いの。実家に寄って帰るから、送らなくていいよ」

彼の車で、ふたりきりになるのが不安だ。それは、男性恐怖症だからというより、彼を傷つけてしまったから、というほうが正しいかもしれない。
横山くんは「そっか」と呟いただけで引き止めず、私は彼に背を向けて歩きだす。
ごめんなさい、横山くん。ありがとう、こんな私に気を遣ってくれて。
でも、もう傷つけたくないから、なるべく私に構わないで。心の不自由な私には、
こんな態度を取ることしかできないから……。

普通にするのは難しい

横山くんと遊園地デートをした日から、五日後。七月に入り、気温は上昇の一途を辿る。

出勤して真っ先に向かったのは二階の女子トイレ。ウエットティッシュで首元の汗を拭き、クールタイプの制汗スプレーをひと吹きすると、ひんやりして気持ちいい。

「今日も一日、頑張ろ……」

前向きなセリフをボソリと呟く私だが、洗面台の鏡に映る顔は元気がない。

気にしているのは、横山くんのこと。彼は今週月曜から中国《ちゅうごく》に出張しているので、デート以来、会っていない。それでも無理して笑っていた彼の顔が頭から離れず、あんな風に傷つけてしまったことを後悔していた。

あのとき、嫌いという言葉のほかに、なんと言えばよかったのかはわからないけれど……。

制汗スプレーをショルダーバッグにしまおうとしたら、トイレのドアが開いた。

「あ、おはよー」と入ってきたのは桃ちゃんで、風邪がすっかり治った血色のよい笑顔を載せてくれた。

「スプレー、私にも貸して。暑いー」と出された手に、しまおうとしていたスプレーボトルを載せる。

洗面台の前に並んで立ち、他愛ないおしゃべりを始める私たち。

私はベランダで育てている草花の話をする。今朝は、ハナデマリが花を咲かせてくれて嬉しかった。

桃ちゃんは通勤途中、電車でうちの部署の島本《しまもと》課長とバッタリ出会い、仕方なく話しながら会社まで歩いたと教えてくれた。

桃ちゃんは明るく笑いながら言う。

「島本課長は嫌いじゃないけど、始業前から仕事が始まった気分になるから、できれば避けたかった」

『嫌いじゃないけど』……その言葉を聞いた途端、心がズキンと痛んだ。桃ちゃんとのおしゃべりで、せっかく気持ちが上向きに修正されたところだったのに、またしても急降下。

横山くんに、本当は嫌いじゃないと言ったほうがいいのかな。でも、『それならどうして泣いたり震えたり、逃げ出したりするのか』と問われたら、答えに困るし……。

この五日間、思考は同じところをグルグルと回るばかりで、解決策は見えてこない。

今も考え込んでいたら、「紗姫?」と呼びかけられた。

「あ、ごめんね！　もう一度、言ってもらえるかな……」

会話を無視してしまったのかと焦る私に、桃ちゃんは眉をハの字に傾けて心配してくれる。

「まだ気にしてるの？　遼介のこと」

「うん……」

桃ちゃんには、遊園地デートのすべてを話してある。私を楽しませようと気遣ってくれた彼を、傷つけたことも。

「大丈夫。遼介のことだから、またすぐに彼女ができて、紗姫に構っていられなくなるでしょ。大体、無理やりデートの流れに持ち込んだあいつが悪い」

「そうかな……」

「あ、そうだ。遼介、昨日帰ってきて、今日は朝から普通に出社だって」

「えっ⁉」と驚いてしまったのは、まだ中国に出張中だと思っていたから。

今日は木曜で、明日まで出張のはずだったのに、商談が早くまとまって帰ることになったのか……。

さすが横山くんだと感心するとともに、急にソワソワと落ち着かない気持ちになる。どんな顔して会えばいいのだろう？　いつものように『おはよう』と声をかけていいのか……あ、私から挨拶《あいさつ》するのはいつものことじゃなかった。キツイ女のイメージを崩さないように気をつけないと。

心の声を口に出してはいないのに、目に見えてうろたえたせいか、桃ちゃんに気持ちを悟られたみたい。

「紗姫、そんなに悩まなくてもいいから。普通にしてなよ」

「う、うん、そうだよね。横山くん、もう来てるかな……私、先に行ってるね」

トイレのドアに手をかけると、背後に桃ちゃんの呟きが聞こえる。

「うーん、紗姫の心に深く入り込んだということは、ある意味デートは成功なのかな」

なにやら意味深なことを言われた気もするが、その言葉は心に浸透してこない。頭の中は横山くんを傷つけてしまった罪悪感でいっぱいで、ほかに気を回している余裕がなかった。

トイレから出て、ライフサイエンス事業部に入ると、すぐに横山くんの席に目を向けた。

始業までは十五分余裕があるし、まだ来ていないみたい。気になるので彼の顔を早く見たいような、気まずいのでこのままずっと会いたくないような……複雑な気持ちを抱えながら自分の席に向かう。

着席すると隣の席の入社二年目の男性社員、岸《きし》くんが「紗姫さん、おはようございます」と挨拶してきた。

「おはよう」と答えながら、落ち着かない気持ちを隠し、強気な目を岸くんに向ける。

すると彼の頬がほんのり赤くなって、失礼だけど不快な感情が込み上げてきた。

私の眉間に微かに皺が寄ったのを見て、彼は慌てたようにマウスを操作して言葉をつけ足す。

「あの、葉王の長野工場からの発注ですが……」

仕事の話ならば仕方ない。着席したばかりで立ち上がり、彼の隣に立ってノートパソコンの画面を見ながら、腰に手を当てて話を聞いた。

「それについては処理済みだから大丈夫。カネポウさんの洗顔フォームのほうだけ再検討して。必要なら横山係長に、香料の価格推移のデータを出してもらって、担当者に説明を……」

横山くんに比べたらたいしたことない私だが、それでも主任という後輩を育てる立場にはついている。淡々と仕事を教えている最中に、「おはよーございまーす」とドアのほうから明るい声が聞こえて、パッと顔を上げた。

来た……横山くんだ。

鼓動が速度を上げていく。気になるのは、私がつけてしまった彼の心の傷。

甘口の顔にいつもの笑みを浮かべて、大きな歩幅で歩く彼は、見たところ元気そうで変わった様子はない。彼が席に着くと、当たり前のように人が集まってきて、始業十分前の事業部内は急に華やいだ。

みんなに笑顔を見せる横山くんをホッとして見ていたら、彼が視線をゆっくりと横に振り、こっちを向きそうな気配がした。

目が合うことを恐れた私は、咄嗟に身を屈《かが》める。岸くんの机には、ファイルや書類が乱雑に積み上げられているので、その陰に隠れて心臓をせわしなく動かしていた。

すると「え……」と、戸惑う声がすぐ真横から聞こえたけれど、意識は別のところにあった。

なに隠れてるのよ、私。横山くんは元気そうだった。それを確認できたんだから、あとは普通にしていればいいのに。

「紗姫さん、いい香りですね……」

耳元でそんな声がして、生温かい息がうなじをかすめる。

それで岸くんに、危険距離まで自ら接近していたことにハッと気づかされた。慌てて飛びのいたら、彼や周囲のほかの社員を驚かせてしまう。

「キャッ！　ご、ごめんなさ……」

「え、紗姫さん？」

慌てるあまり、つい素の表情で謝りかけて、今度はそのことに焦りだす。急いで澄まし顔を作って、咳払いをし、クールに言い直した。

「なによ、その目は。ちょっと、よろけただけじゃない。とにかく、今教えた通りにやっておいて。わかったわね」

目を瞬かせている岸くんに背を向け、自分の席に戻り、心の中で大きく息を吐き出した。

これまで、横山くんに絡まれるたびに仮面を外されそうになっていたが、直接的になにもされていないのに、ボロを出しそうになるなんて……気をつけないと。

パソコンを立ち上げて、始業の準備に入りながら、どうしても気になるのは机五つほど離れた斜め前方の横山くんの席。あえてそっちを見ないようにしていても、耳に聞こえてくる会話に、意識の大半が持っていかれる。

中国出張の話題で盛り上がっている中、男性社員のひとりが「お土産は？」と笑いながら催促していた。

「もちろん、買ってきてるよ～。今回はなんと、現地で激マズと有名な揚げ饅頭《まんじゅう》。露店で買ったんだけど、中になにが入ってるのか、お店の人も知らないって」

「げ、それ危険じゃない？　俺、食う勇気ないいんだけど」

「うっそー。空港で売ってた普通のパンダチョコだよ。はい、みんな手を出してー」

聞き耳を立ててお土産の話を聞いた後は、目線が自然と自分の足元のショルダーバッグに移動する。中に、前回のインド出張のお土産にもらった、コンパクトミラーが入っているからだ。

私にだけ特別に買ってくれた理由が、あのときはわからなかったが、今は理解している。

私と仲良くしたいと、彼は言った。私より彼に詳しい桃ちゃんは『遼介はただ、取っかかりが欲しくて絡んでるだけで』と、大会議室で言っていた。コンパクトミラーは私と会話をするきっかけになればと思い、買ってきてくれたのだろう。

それならば、今回は……。

決してお土産を期待しているわけではないが、ソワソワして、落ち着かない気持ちでいた。

パンダチョコをもらった人たちが、「ありがとう」とお礼を言っているのが聞こえる。「ほかの人にも配ってくるね」という横山くんの声も。

視界の端に立ち上がった彼のグレーのスーツが入り込み、鼓動がまた少し速度を上げる。目線をパソコンの画面に向け、仕事を進めているのに、遠い場所で動く横山くんが気になって仕方なかった。その気持ちに抗うように、メールの受信箱を開いて、取引先からのメールをチェックする。

ええと、葉王の長野工場と、P&C《ピーアンドシー》さんからも来てる……。

横山くんは端から順に回って、お土産を配っているみたい。島本課長の「お、すまんな」という声がして、その後、中国出張の成果に対する「よくやった」というお褒めの言葉が聞こえてきた。

ひと言ふた言、話しながらお土産を配って歩く横山くんは、今、私の席がある通路に足を踏み入れたみたい。

彼のほうを見ていないのに、気配を追う私。『こんなんじゃいけない』と自分に言い聞かせても、頭が勝手に横山くんのことを考えてしまうのだ。

パンダチョコ、私にも配られるのだろうか？　前回のインド出張のお土産の唐辛子チョコは、私だけもらえなかった。だから今回も、みんなと同じパンダチョコはもらえないのではないだろうか。だからといって、私にだけ特別なお土産があるはずだと、期待しているわけじゃないけれど……。

横山くんを気にしながらも、取引先からのメールに返事を書き込んでいた。

ええと、葉王長野工場、横山遼介様……あ、違う、草沼《くさぬま》様だった。なんで横山くんの名前を書いてしまうのよ。

慌てて彼の名前を消したとき、左横に彼の気配がして「紗姫」と名前を呼ばれた。心臓が爆音を響かせる中で、恐る恐る見上げると、ぎこちない笑みを浮かべる彼が、私にお土産の箱を差し出した。

「お土産、ひとつ取って」

「あ、りがとう」

箱に並んだパンダは残り三分の一ほど。ひとつをつまみ上げると、彼はすぐに私の隣の席に移動し、岸くんにも同じように箱を差し出し、話しかけていた。

右横に立つ横山くんのスーツの背中を見てから、手の中のパンダを見つめ、『そっか』と心の中で呟いた。

私もみんなと同じパンダチョコ。意地悪な絡み方もされず、ごく普通にみんなと同じように配られた。ということは、私と仲良くなりたいという気持ちが、彼の中から消えてなくなったということだろう。

それでいい。横山くんと関わると仮面を外されそうになって困るし、こんな私だから桃ちゃんのように、彼と親しくするのは無理だもの。

これがベストで、こんな風に接してくれるのを望んでいたはずだった。

それなのに、どうしてだろう……心が痛い。

手の中のパンダは、普通の茶色チョコとホワイトチョコの二色で作られている。白い顔に、耳と目と鼻が茶色いパンダ。片目のチョコがいびつな楕円《だえん》で、下方向にはみ出し、まるで泣き顔のように見えた。


なぜか心に重苦しさを感じながら、午前、午後といつも通りの仕事をこなし、時刻は十六時になる。

そろそろ、打ち合わせしないと……。

ファイル片手に向かったのは須田《すだ》係長の席で、「明日の確認をしたいのですが」と話しかけた。

須田係長は私より十歳ほど上の男性社員。入社一、二年目は何度も食事に誘われて断るのに困ったたし、最終的には『付き合ってほしい』と告白もされて嫌だった。

でも今は、その頃よりは嫌じゃない。というのは昨年、うちの社と関わりのない女性と結婚して、私への関心が目に見えて下がったからだ。

周囲の社員から新婚さんと冷やかされて赤面したり、照れ笑いする姿を見かけると、奥さんへの愛情を感じてほっこりさせられる。

奥さんを大事にする須田係長は素敵な人。それでも男性だから、苦手なことには変わりないけれど……。

そんな須田係長に話しかけたのは、明日から彼と一緒に、一泊二日で葉王の長野工場へ出張に行くからだ。

私にも年に一、二回の国内出張がある。葉王の長野工場の担当になったのは二年前で、毎年一回、お得意様へのご挨拶を兼ねて商談に向かわねばならないのだ。

行って仕事の話をするだけなら日帰りできるのに、必ず夜に飲みに誘われる。会社の大事なお客様相手に嫌とは言えず、年行事のようなこの出張が今年もやってきた、と気が重い。

「もうこんな時間か。ミーティング室、使うか」と、須田係長は立ち上がった。そのとき、彼の机の上にあるスマホからバイブ音が聞こえ、飛びつくように手に取るから驚かされた。

彼は血相を変え、通話に出る声も焦っている。

「そうか陣痛が来たか、よっしゃ！　わかった落ち着け、いいか落ち着け。えーと、まず……なにをすればいいんだ⁉」

陣痛？　ということは、昨年結婚した奥さんが妊娠中で、初めてのお子さんがこれから産まれるということだろうか。それは一大事に間違いない！

目の前で奥さんと会話する須田係長を見て、無関係の私まで、どうしようとうろたえていた。

スマホ片手にその場をウロウロし始めた須田係長を、周囲の社員も見守っている。

「今、〝陣痛〟って言った？」

「ついに出産か。予定日過ぎてると心配してたもんな～」

「須田さんの奥さん、頑張れー！」

あちこちでそんな雑談が交わされる中、須田係長は通話を終え、スマホを握りしめたまま、島本課長のデスクに駆け寄った。

「課長、すみませんが早退させてください。出産に立ち会いたいんです。お願いします！」

その大きな声はフロア全体に聞こえ、ライフサイエンス事業部全体がワッと湧く。

まだ産まれてもいないのに拍手が送られ、すっかりお祝いムードだ。

島本課長も機嫌よく早退を許可して、昔を懐かしむような目をして言った。

「俺も初めての子のときは慌てちまってな〜。全速力で病院に駆け込んだら、そんなにすぐには産まれないと笑われてな。初産《ういざん》は時間かかるぞ。俺んところは陣痛から丸一日かかったな」

「そんなにかかるんですか⁉　明日から出張なのに……うーん」

机五つ分離れた場所から、上司ふたりの会話を聞いている私。

初めての出産は、それほどにも大変なものなのかと驚くとともに、なぜか須田係長に対して申し訳なくなっていた。

出張の日程をずらすことはできなくはないが、前日の連絡は失礼だし、先方の都合を考えると難しい。私ひとりで行けばいいのかもしれないが、大得意の大手化学メーカー葉王に対して、下っ端ひとりを寄越したという印象を持たれたら困ってしまう。

気の毒だが、やっぱり出産に立ち会えなくても、須田係長に長野まで行ってもらうしかないような……。

離れた位置からそんなことを思っていると、島本課長がパソコンのマウスを動かしてなにかを調べ始めた。どうやらそれは社員のスケジュール表のようで、島本課長が

「山田《やまだ》は別口の商談で、高村《たかむら》は会議で……」と呟いていた。

須田係長を明日休ませ、代打を探そうとしているようだが、葉王の長野工場に少しでも関係しているメンバーで係長クラス以上となると、選択肢は非常に少なかった。

みんなが須田係長を出産に立ち会わせてあげたいと見つめる中、マウスを操る島本課長の手がピタリと止まった。「お、ひとりいるな」と呟いた後、課長はおもむろに立ち上がってフロアを見回し、私の後方にいる誰かに呼びかけた。

「おーい、遼介！」

え、まさか……。

ドキンと鼓動が大きく跳ねて、勢いよく振り向くと、壁際のコピー機の前に立つ横山くんの姿が目に飛び込んできた。

彼は作業の手を止めて、遠くから「はい」と返事をしている。

「中国から帰ったばかりで悪いが、明日、長野に行ってくれ。ダブル横山で」

「俺……ですか？」

驚きに戸惑いを混ぜたような、彼の顔。そんな表情をするのも、思わず聞き返したのも無理はない。

私の仕事は洗剤やシャンプーなどの香料や柔軟剤成分を、国内化学メーカーに卸売することで、横山くんは海外から原料を買いつける仕事がメイン。彼は長野工場と直接関わっていないのに、どうして……。

横山くんも多分、私と同じ疑問を抱いている。

そんな彼の心の声が聞こえたのか、島本課長が説明を足した。

「仕入担当の遼介が、直接工場の要望を聞く機会があってもいいだろ。向こうだって海外の仕入先に興味があるだろうし、話を膨らませてこい。この出張が、葉王の新製品に繋がったらいいよな～」

「……わかりました」

横山くんが戸惑いがちに了承した後、視線が私に流され、目が合った。

広いフロアの真ん中辺りに立つ私と、壁際のコピー機の前に立つ彼。七、八メートルの距離を置いて真顔で見つめ合い、ハッとして先に目を逸らしたのは私だった。

心臓が早鐘を打ち、心が大きく乱される。

どうしよう……よりによって、横山くんと一緒に泊まりの出張だなんて……。

須田係長は荷物をまとめ、明日持っていく資料などを私に押しつけると「よろしく頼む」と言い、走って帰っていった。

ファイルと資料を手に立ち尽くしていると、後ろから近づいてきた足音が止まり、声をかけられる。

「紗姫、葉王の長野工場について教えて」

「う、うん」

「ミーティング室、使おう」

ミーティング室はオフィスの隅にある、パーテーションで区切られた小スペースだ。そこに移動する私たちに、周囲から好奇の目が向けられている。さっきまで須田係長のことで温かなお祝いムードに包まれていたのに、今はヒソヒソと。

横山くんは総務の長谷川さんと別れたばかりで、今はフリー。この出張で私たちになにか起きるのではないか、と考える人もいるのかもしれない。

私に限って、そんなことはあり得ないのに……。

必要な物をミーティング室に持ち込む。

楕円のテーブルに椅子が六つ。間に空席をひとつ挟んで私たちは横並びに座り、ノートパソコンと過去の資料、明日の書類を広げた。

大きな手が資料をパラパラとめくり、マウスを操って、横山くんは要領よく必要な情報を頭に入れていく。仕事モードに入ったときの彼は真剣で、甘い瞳の奥に、鋭い光が感じられた。

前々から思っていたけど、横山くんは頭がいい。私なら把握するのに三十分はかかりそうな情報も、彼なら十分ほどで呑み込んでしまいそう。記憶力というより、的確な判断力があって要領がいいのだろう。

私が提供した情報を大まかに把握し終えた横山くんは、いくつかの細かい質問をしてくる。

それまで、パソコン画面と紙の資料にばかり向けられていた彼の視線が、今は私に向けられ、心臓が勝手にドキドキし始めた。仕事だからと自分に言い聞かせても、動悸《どうき》は収まってくれない。質問に対する答えがたどたどしくなり、意に反して目も泳いでいた。

すると、話しかける彼の声の調子が変わった。耳の後ろをポリポリとかいて、戸惑いがちに私に言う。

「あのさ……仕事だから、なるべく普通にしてくれると、ありがたいんだけど……」

そう言われるということは、私の心の動揺が明らかに表に出ているのだろう。

社内では自分を偽ることに慣れていたはずなのに、横山くんの前ではどうしてこうなってしまうのか……。

「わかってるわよ」と澄まして答えたつもりの声も、微かに上ずるのを自覚していた。

祭りに花咲く笑顔

翌日、私は十時八分発の北陸《ほくりく》新幹線の中にいた。東京駅を出てまだ十分ほど。長野まではあと一時間半かかり、そこから目的地まではレンタカーでさらに一時間半と、長い道のりだ。

窓側の席に私、その隣に横山くんが座っている。

昨日『普通にして』と言われたことを肝に銘じ、今日はまだボロを出さずにツンとした雰囲気と澄まし顔をキープできていると思う。とはいっても、東京駅で横山くんと合流してから、まだ二十分足らずなのだが。

窓の向こうに流れる景色はまだ東京。見慣れた面白みのない景色を眺めながらも、右隣に意識の大半が持っていかれる。

横山くんは今、なにを考えているのだろう?

心の中が落ち着かない私と違い、彼に緊張や不安を感じている様子は見られない。私を特別意識している風でもなく、あくびの音が聞こえるほどだ。

ということは、気まずく思っているのは私だけということだろうか。

『嫌い』と言ってしまった私の言葉は、今はもう、彼を傷つけていないと判断していいのだろうか……。

ひとりだけアレコレ考える私の隣で、横山くんが姿勢を直した気配がした。窓から彼のほうに振り向くと、ほんの少しだけ背もたれを倒した彼が「寝ていい？」と私に聞く。

「どうぞ、ご自由に」

寝てくれるとありがたい。会話せずにいても不自然じゃないし、少しは気を抜けるから。

「ん、ありがと」

ふたつの座席の背もたれにできた段差を利用して、そこに頭を固定した横山くんは、大きなあくびをしてゆっくりと目を閉じた。

なぜか景色に視線を戻すことができない私は、彼の寝顔を眺めている。

足が長いから、膝が前のシートに当たって寝づらいのではないだろうか。着ているネイビーのスーツは、社内でよく見かけるような色とデザインだが、モデル体型の横山くんが着ると、ワンランクもツーランクもオシャレで高級な物に見える。

見た目がカッコよく、人当たりのよい彼。女子社員たちが騒ぐのも、わかる気がする……。

こんな風に落ち着いて観察できるのは、眠ってくれたおかげだ。当たり前だが、じっと見ても反応がない。スースーと寝息をたて始めた彼は、今だけは私を脅かす存在ではなかった。

顔をもっとよく見ようと、お尻の位置を少し前にずらして、覗き込んでみた。

あ……可愛い寝顔。

伏せた睫毛が意外と長くて、気を抜いた半開きの口元が、子供みたいにあどけない。

ぐっすりと眠りに入っている彼を見て、寝不足だったのかと心配する。中国出張から帰ったばかりで、報告書の作成に追われていただろうし、今度うちの部署で立ち上げるプロジェクトのリーダーもやっているから、私より遥かに忙しいはずだ。

今回の出張は、横山くんにとって明らかに余計な仕事だよね。なんだか申し訳ない。

無邪気な寝顔を見ていると、私まであくびが出た。実は私も寝不足。昨夜は緊張と不安を抱えたままベッドに入り、案の定よく眠れなかった。

私も横山くんの隣で、目を閉じる。長野に着いたら彼を起こさなくてはいけないから、眠るつもりはない。ただ目を閉じるだけ……そう思っていたのに、意識が遠のいていった。

「紗姫、もう着くよ。起きて」

耳に届いた声に、ハッとして目を開ける。

しまった。疲れている横山くんをゆっくり寝かせてあげて、ギリギリで起こそうと思っていたのに、逆に起こされた。

彼は荷物棚からふたり分のバッグを下ろしてくれていて、私を見下ろすその顔は、なぜか赤い。

クーラーの効いた車内は私にはちょうどよい室温だが、横山くんには暑かったのだろうか？　それならジャケットを脱げばよかったのに……そう思っていたら、はにかむような笑顔を向けられた。

「紗姫の寝顔、見ちまった。なんか得した気分」

え、顔が赤いのは、それが理由？

高飛車女を貫きたい私としては、『なに勝手に見てるのよ』と文句を言うべきかもしれないが、私も彼の寝顔を覗き見たことを思い出し、文句を言うのがためらわれた。

どう反応していいのかわからず困っていると、彼は『しまった』と言いたげな顔をする。

「変なこと言ってごめん。俺って、こんなんだから嫌われるんだろうな……」

違うけど……嫌いじゃないと言えず、黙るしかなかった。やっぱり気まずい。普通にするのが、こんなに難しいなんて……。

新幹線はホームに入って停まり、到着を知らせるアナウンスが流れる。

数人の乗客が立ち上がり、開いたドアに向かってゾロゾロと進んでいく。

私の荷物まで持って、通路を歩きだした横山くん。

自分で持つからとも言いだせない私は、彼の後ろを困り顔でついていった。


新幹線を降りると、今度は車での移動となる。長野駅前でレンタカーを一台借りて、乗り込んだ。

密室に男性とふたりきりになると、どうしても怖くなる。でも今は、それよりも気詰まりな空気に心が落ち着かない。

運転は横山くんがしてくれて、私は助手席に座っている。

無言の車内にクーラーの排気音と、ＦＭラジオのＤＪの声だけが流れていた。

早く着いてほしいと願っても所要時間は変えられず、山間の田舎町にある葉王長野工場までは、一時間半ほどの長い道のりだった。

途中で道の駅のような国道沿いの建物に入り、簡単な昼食をとる。その後、ここまで一時間ほど運転してきた横山くんの疲れを取るため十分休憩して、また車へ。エンジンをかけてハンドルを握った彼は、まだ疲れが取れないのか首を回していたので、つい声をかけた。

「運転、代わる?」

長時間の運転が苦にならないよう楽しい雰囲気を作り出すこともできず、逆に嫌な空気を垂れ流してしまうダメな私。横山くんの助けになれず、負担ばかりをかけていることが申し訳ない。

去年、須田係長と長野出張したときも私は当たり前のように助手席に座っていたが、横山くんが相手だと、自分ばかり楽しているのが気になる。彼が同期だからだろうか。

急に話しかけた私に、横山くんは驚いてから声をあげて笑った。

「紗姫が運転? 俺、まだ死にたくないんだけど」

「な、なによ。ここからしばらく一本道だし、カーナビもついてるし、私にだって運転できるわよ。多分……」

「ほらほら、本当は自信ないんだろ。ゴーカート、ひどかったもんな〜」

ゴーカートと言われて、遊園地デートのことを意識し、身を固くした。

隣で横山くんも、『しまった』と言いたげな顔をしている。

やっぱり私だけじゃなく、彼も普通に接するのは難しいみたい。あのデートのせいで、今までになかった気まずい感情が、お互いに芽生えているのだから。

車はまだ駐車スペースから少しも動いていなかった。沈黙が数秒続き、内心うろたえている私に、彼が思い切ったように口を開いた。

「遊園地でのこと……ごめんな」

その顔には、後悔と反省の色が滲んでいた。

「え？」

謝られて驚く。彼を傷つけたのは私のほうで、謝るべきなのは私だと、ずっと気にしていたから。

横山くんはギアをパーキングに戻し、右手をハンドルから外して前髪をかき上げた。それから小さくため息をついて、静かな声で言葉をつけ足した。

「言い訳がましいけど、紗姫に楽しんでもらいたかっただけなんだ。結果は逆になっちまって……反省してる」

どうしようという思いが、心の中で膨らんでいく。非のない彼に謝らせている自分が、悪者のように感じられる。

それなのに横山くんはまだ「本当にごめん」と言い続けていて、たまらず「違うの！」と声をあげた。

「『違う』って、なにが？」

「あ……ええと、楽しくなかったわけじゃなくて……楽しかったの。ゴーカートもメリーゴーランドも、無理して笑っていたわけじゃないから……」

それだけは誤解しないでほしいと願って言葉にしたら、横山くんは目を瞬かせてから、戸惑いと期待の混ざったような顔で私をマジマジと見た。

「俺とのデート、楽しかったの？」

困ったけれど、楽しかった……観覧車に乗るまでは。

観覧車の中で震えて泣いたり、降りてから逃げ出したりしたことの理由は話せないので、『嫌いだから』という言葉は訂正できない。だから、彼の問いに頷いてから目を逸らし、予防線を張った。

「楽しかったけど、二度と誘わないで。その理由は……ごめんなさい、言いたくないから聞かないで」

説明できるのは、これが精一杯。振り回しているみたいで申し訳ないが、これ以上話すと素顔を見せることになってしまう。

運転席から、再び小さなため息が聞こえた。ギアがドライブに入れられ、車がゆっくりと動きだす。

カーナビが「その先、左方向です」と言った後に、横山くんも呟いた。

「紗姫って難しいな……。すごく複雑なものを抱えてそう」

違うよ、横山くん。複雑ではなく、単純に男性が怖いだけ。私は決して難しい人間じゃない。ただの臆病な泣き虫なんだよ……。

ともあれ先ほどの会話をきっかけに、張り詰めていた車内の空気がいくらか緩んだ気がする。主に仕事についての会話をときどき交わし、道の駅を出てから四十分ほどで、目的地付近にやってきた。

「へぇ、あれが葉王の長野工場か。さすが業界最大手。デカいな」

山間の田舎町は住宅地を抜けると畑が広がり、その真ん中に葉王の長野工場がドンと構えている。

薄い水色の大きな工場は緑の中で目立つので、遠目にもわかりやすかった。

そこに行く前に私たちは道を一本逸れて、上り坂に入る。今は十三時三十分を少し過ぎたところで、チェックインには早い時間だが、先に荷物を預かってもらおうと、今夜泊まる宿に向かっていた。

緩やかな傾斜の田舎道を上っていくと、緑の木々に囲まれた中に、急にひなびた建物が数軒見えてきた。一番手前にあるのは、スナックや居酒屋の入った三階建ての古いビルで、それを過ぎると旅館が四軒並んでいる。

ここは、昭和の終わりくらいまで小さな温泉街だったそうだが、残念ながら今は温泉が枯れ、すっかりさびれてしまったらしい。この辺りにビジネスホテルはないので、葉王の長野工場に出張の際には、ここを利用している。

予約を入れたのは『湯処旅館　緑月《りょくづき》』。

昨日の打ち合わせで宿の情報も話していたからか、そのさびれ具合を見ても、横山くんに驚いた様子はない。それどころか「いいところだな」と呟いているので、彼の海外出張での滞在先は、もっと劣悪な環境なのかもしれない。

旅館の横の駐車場に車を停めて、熱い外気の中に降り立つと、去年との違いに気づいた。

なんだか車の台数が多い気が……。

部屋数は確か二十ほどの、この旅館。去年は、私と須田係長以外の客は二、三組しかいなくて、無駄に広いこの駐車場には、私たちのレンタカーと旅館の名前の入ったワゴン車しか停められていなかった。

それなのに、今年はなぜか十台も車が停められているのだ。よく見ると、隣の旅館の駐車場も似た感じで、観光客らしき団体の姿まで見受けられた。

不思議に思いつつも荷物を持って、駐車場から旅館の中に足を踏み入れる。去年は、暇そうにしていた旅館のご主人がすぐに出迎えてくれたのに、今年はそれもない。

小さなロビーには、浴衣を着た高齢男性ふたりがソファに座ってテレビを観ていて、「ここはなんもねーな」とひとりが言うと、もうひとりが「昨日じゃなく今日から泊まればよかったな」と答えていた。

そう、ここは温泉も名物もない、さびれた旅館。それなのに、なぜ観光客がいるのだろう？

カウンターに従業員の姿がないので、横山くんが呼び鈴を押してくれた。

しかし、しばらく待っても誰も出てこない。なぜか繁盛しているようだし、忙しいのだろうか？

横山くんと顔を見合わせ、首を傾げてから、今度は私が呼び鈴を鳴らしてみた。

するとカウンター奥の暖簾《のれん》をくぐり、やっとひとり現れた。

「はい～、いらっせぇまし～」

しゃがれた声でそう言ったのは、腰の曲がったおばあさん。八十代後半……いや、九十歳を超えていそうだと感じるのは、足元が危なげに見えるせいかもしれない。

この宿のご主人の祖母だろうかと予想しつつ、現役を退いているであろうおばあさんにまで手伝ってもらうほど、忙しいのかと驚かされた。

おばあさんはカウンター越しに、私と横山くんを交互に見て言った。

「お泊まりかや〜？　あいにく満室だに、すんませんね〜」

「いえ、僕らはネット予約を入れているんですが……」

「はぁ？　納豆予約？」

「納豆ではなく、ネット……。とにかく予約は入れてます。チェックインの時間は、十五時からですよね。荷物だけ先に預かっていただきたいのですが」

いろいろな面で大丈夫だろうかと心配になるおばあさんだったが、なんとか予約客であることと、荷物を預けたいという要望は理解してもらえた。

「あ〜荷物かや」と、おばあさんは『お預かり伝票』と書かれた用紙を、横山くんに渡す。

彼がふたり分の氏名と連絡先等を記入しておばあさんに返し、ついでに宿泊予約者が須田係長から横山くんに変更したことも伝えた。

須田係長の名前のままで泊まっても不都合はないのに、わざわざ変更を伝える辺り、横山くんは真面目な人だ。そんなことを思っていたら、預かり伝票に記入した私たちふたり分の氏名を見て、おばあさんはホエホエと変わった笑い方をした。

「新婚さんかえ〜？」

え……その言葉に目を丸くしたが、夫婦に間違われた理由はわかるので、驚きの波はすぐに引く。横山遼介と横山紗姫、偶然にも私たちは同じ名字だから。

横山くんが苦笑いして「違います」と否定してくれたのだが、おばあさんの耳には入っていないのか、壁を指差して勘違いの話を続けられた。

「あんた方、祭りに来たんだら？　あんじゃねぇ（大丈夫だよ）、あんじゃねぇ、きっと子宝に恵まれるだに」

カウンターの横の壁には、Ａ３サイズのポスターが一枚貼られていた。そこには筆字で『豊年男根祭り』と書かれ、背景のカラー写真には奇妙な神輿《みこし》を担いで歩く、揃いの着物姿の女性たちが写っていた。

五穀豊穣を願う豊年祭だけなら理解できるけど、男根て……。

神輿の形もどう見ても男性にしかついていないアレで、私にはこの神輿を担ぐ勇気はない。

ポスターには五年に一度の奇祭と説明書きがあり、今夜は前夜祭として花火大会が河原で行われるらしい。明日と明後日《あさって》が神事と神輿行脚《あんぎゃ》ということも書かれていた。

このひなびた元温泉街が盛況な理由は、どうやらこの奇祭があるかららしい。そして私と横山くんは、子宝に恵まれたくてご利益にあやかりに来た、新婚夫婦に間違われたようで……。

おばあさん相手に強く否定するのはためらわれたが、話を合わせてあげることはできない。どうしていいのか判断できずに隣を見ると、横山くんも同じように困った顔をしていた。

私と目が合うと、彼はコホンと咳払いをして、おばあさんに言う。

「とりあえず、荷物の預かりと宿泊予約者の変更をお願いします。チェックインは夕方か、もしかすると夜中になるかもしれません」

ふたつのバッグをカウンターの内側へ自分で運び入れてから、夫婦を訂正できないままに私たちは宿を出る。

足元がおぼつかないので、どうかカウンターから出ないでほしいと思ったが、おばあさんはホエホエと笑いながら玄関先まで見送ってくれた。

宿を出た私たちは手土産を提げて、約束の十四時に葉王長野工場を訪問する。そして約二時間の滞在の後、工場を出ようとしているところだった。

対応してくれた四十代男性、草沼さんに、玄関で頭を下げる。

すると草沼さんは横山くんの背中をバシバシ叩いて、笑いながら言った。

「いや〜楽しかった。遼介くん、君はすごいね」

横山くんの隣で営業スマイルを浮かべている私も、同じ感想を抱いていたため、つい頷く。

横山くんはすごい。まさかこんなにも話術が巧みだなんて……。

ここに来るのが三度目の私より、彼のほうが初めから打ち解けていた。名刺交換をし、初めましての挨拶をした五分後には、〝遼介くん〟と名前で呼ばれるほどに。

〝横山〟がふたりいてややこしいから、という理由もあるだろうけれど、それにしても下の名前で呼ばれるほどに親しみを与えるなんて、まさかという思いだ。

滞在時間の三分の一は工場内を案内してもらい、残りの三分の二は横山くんの独壇場。原料の買いつけ先のインドや東南アジア、中国での失敗談などをユーモラスに語る彼に、草沼さんをはじめ、対応してくれた葉王の男性社員たちは、お腹を抱えて大笑いしていた。

『それで民族衣装着せられて、やけに豪華にもてなしてくれるな〜と思ったら、結婚式だったんですよ。それもグエンさんの娘さんと僕の。危うく婿《むこ》養子にさせられるところでした』

当然、笑いを取るだけでは終わらない。面白エピソードに上手く関連づけて、横山くんは抜かりなく商品の説明を織り交ぜる。

『そうそう、グエンさんの工場で珍しい香料を見つけたんです。日本では馴染みがないけど、主に北欧のメーカーに輸出されているそうで。これ、サンプルです。〃北欧の香り〃と名付けたら、日本でもナチュラル志向の主婦層に人気が出そうな気がするんですけど、葉王さんでどうでしょう?』

『北欧の香りか～。パリ風、ニューヨーク風と、シリーズで出すと面白いかもな～。よし、本社にかけ合ってみるか』

つい聞き役に徹してしまった私の隣では、話がトントン拍子に進み、葉王で新しい柔軟剤のプロジェクトを立ち上げる話にまでなっていた。

今までも横山くんのことは優秀な同僚と認識していたが、今日、彼と初めて一緒に仕事をしてみて、改めて実感した。

相手を楽しませつつ、こちらの商品を自然に売り込める能力を持っている……。横山くんて、素晴らしい。

よほど横山くんが気に入ったのか、草沼さんは玄関から出て、車に乗り込むまでついてきてくれた。

「じゃあ、十八時半にスナック葵《あおい》で」

そう言って笑顔で一旦別れた後は、私たちは再びふたりきりになる。

横山くんの運転する車が工場の敷地内から出ると、私は作り笑顔を消してため息をついた。それは音に出さない、小さなため息。

それなのに、運転中の彼に気づかれてしまう。

「そんなに飲み会が嫌？　草沼さんたち、いい人だし、俺は楽しみだけど」

「横山くんは、男性だからそう思うのよ。私じゃなくても女性なら、みんな憂鬱《ゆううつ》だと思う」

「なにそれ。去年も飲み会あったんだよね？　まさか、セクハラされた？」

「されてないけど……」

去年の飲み会も、スナック葵で。あからさまなセクハラはされなくても、私には地獄で、本当に死ぬかと思った。

商談には顔を出してくれなかった葉王の男性社員も、なぜか飲み会にだけは参加して、男性十名の中に女性ひとり。スナックのお姉さんがいてくれるのが、唯一の救いに思えた。

『横山さ〜ん、次、こっちに座って〜』

そう言われたら『嫌』とは言えず、酔った男性たちの間に順に座らされて……。

仕事だからと自分に言い聞かせて必死に耐えていたが、手は震えっぱなし。やっとお開きになって宿に着き、ひとりになった途端に泣いたことを、あのときの苦しさとともに思い出してしまった。

無音のため息に気づかれた後なので、今度は遠慮なく大きく息を吐き出した。

すると横山くんは、ニヤリと笑ってからかってくる。

「男を軽くあしらうの、紗姫の得意技だろ」

「取引先相手に、無理に決まってるじゃない」

「そう怒るなって。仕事だと自覚してるなら、頼むから客前でため息つかないでよ。ツンデレ姫はうちの社内だけな」

横山くんは、私のことを気の強い女だと勘違いしている。偽りの仮面をはがされそうになったことが今までに数回あり、そのたびに肝を冷やしたが、まだ素顔はバレていないみたい。

それでいい。どうか、そのまま誤解していて……。

そう思うので、ツンデレ姫と変な呼ばれ方をされても、否定せずに黙っていた。私がどれだけ苦しいのかなんて、横山くんにはわかりっこない。今夜は男性への恐怖に、ひとりで耐えるだけ……。

車内に訪れる数秒の沈黙の後、横山くんが急に優しい声で言葉をつけ足す。

「まあ、なんかされそうになったら、俺を呼んで。必ず助けるから」

ニッコリと少年みたいに可愛い笑顔をくれて、一瞬だけ明るい光を感じたが、心はすぐに曇り空に戻される。

「無理よ……横山くんには」

「俺なんかに助けられたくないってか」

自嘲ぎみに笑う彼の言葉に、私はまた答えられずに黙る。

そうじゃない。気持ちはありがたいけれど、横山くんも私の苦手な男性には変わりないから、『助けて』なんて言えないんだよ……。

ふと流れる景色に意識を向けて、おかしな点に気づいた。今は十六時を少し過ぎたところ。十八時半からの飲み会にはまだ早いので、宿に向かうのかと思ったら、車はなぜか住宅地のほうへ進んでいる。

どこへ行くのか尋ねると、「男根祭り」と言われた。

「すげー面白そうじゃん。俺、祭りって昔から好きなんだよな〜。あまり時間ないけど、縁日に立ち寄ってみようよ」

宿に貼ってあったポスターには確か、今日が前夜祭で日没後に花火大会があり、祭り自体は明日と明後日と書いてあった。

「今行っても意味ないんじゃない？」と伝えると、「神社の境内に今日から屋台が出てるって、草沼さんが言ってたじゃん」と言われた。

そういえば、そんな話もされたような……。

まさか祭りを見に行くと思わなかったので聞き流していたが、横山くんは行く気満々で聞いていたみたい。運転中の目が、なんだかキラキラしてる……。

神社の場所は、カーナビで検索せずともすぐにわかった。祭囃子《まつりばやし》が流れてきて、人や車が同じ方向に進んでいるから。すぐに見えてきた神社の横に空き地があり、車が多数停められていたので、私たちもそこに駐車させてもらう。

車から降りると、祭囃子に加えて人を呼び込む声や子供たちのはしゃぐ声が聞こえて、楽しげな雰囲気が伝わってきた。

神社の境内へと続く参道の階段を上っていくと、カラフルなテントの屋台が十個ほど並んでいて、食べ物のいい匂いが漂っている。

お祭りなんて何年ぶりだろう。暗い中高生時代に行った覚えはないので、小学生以来かも。

「懐かしい……」

ついそんな感想を口にすると、隣で横山くんが嬉しそうに笑った。

「俺も今そう思ってた。ここに来たことないのに、なぜか懐かしいよな～。紗姫、なんか食べよう」

「この後、飲み会だよ。去年と同じなら、スナックに出前のお寿司《すし》が届くはずだけど」

「大丈夫、大丈夫。屋台と寿司は別腹だって言うだろ」

そんな言葉は聞いたことがないと思いながらも、ソースが焼ける香ばしい匂いに誘われて「焼きそば食べたい」と口にしていた。

「オッケー。じゃあ焼きそばと、イカ焼きと、長野に来たからにはやっぱ、おやきは外せないよな。お、チョコバナナもある。基本も押さえとかないと」

屋台を回った後、両手に食べ物を持った私たちは奥へと進み、神社の本殿まで来た。そこにはベンチやゴミ箱が設置され、地元の大人たちがビール片手に談笑し、子供たちは鬼ごっこをしている。それを許してくれるここの神様は、どうやら心が広いようだ。

空いていたベンチに座り、ふたりの間に買ってきた食べ物を置く。さすがにこの後の寿司を考えて、買った物はすべてひとり分。彼に『半分こしよう』と言われたのだ。かつて経験したことのない行為に躊躇《ちゅうちょ》したのは一瞬だけで、嫌だと思わない自分がいた。

どうしてだろう？　横山くんが楽しそうな笑顔を見せてくれるからだろうか……。

私が焼きそばを食べて、横山くんがイカ焼きを口にする。半分食べて交換しようとしたら、割り箸《ばし》が一膳《ぜん》しかないことに気づいた。

もらってこないと、と思ったが、その前に彼はなにも気にせず私の箸で残りの焼きそばを食べ始める。

戸惑ったのは、同じ箸を使う行為が、まるで仲のいい友達みたいに感じたから。

「紗姫、どうかした？」と首を傾げる彼に「なんでもない」と答えた私の顔は、きっと赤くなっていることだろう。恥ずかしさを悟られないように目を逸らし、今度は彼が半分食べ終えたイカ焼きの皿を手に取った。

食べやすいサイズにカットされたイカ焼きには、爪楊枝《つまようじ》がなぜか五本もついている。

新しい爪楊枝を使おうとして、ふと思い直す。そして、ドキドキしながら彼が使った物でイカ焼きを口にしてみた。

この感覚……遊園地のときと同じだ。まるで友達と縁日に遊びに来たみたいで、心が喜んでいる。

ほかの人には伝わりにくい感覚だと思うけれど、中高生時代に友達とひとつの物を回して食べた経験がなく、しかも男性相手にこんな思い切ったことをしてしまって、今、すごく胸が高鳴っている。これが友達とやってみたかったことだったんだと実感し、横山くんに気づかれないよう、ひとり、こっそりと喜んでいた。

おやきもチョコバナナも半分こにして食べ終えると、私は満腹になった。

一方、横山くんは「お好み焼きは我慢するか」と独り言を呟いているので、まだまだお腹に余裕があるみたい。

設置されているゴミ箱に空の容器を捨てに行くと、お社の奥のほうに、白い布が被せられた大きななにかが置かれていることに気づいた。

石畳《いしだたみ》の上の目立つ白い塊に、「なんだろうね」と話していたら、強い風が吹いて布が半分めくれ上がった。

それは神輿だった。金と赤いしめ縄の飾りをつけた立派な神輿の真ん中を、男の人のアレの形をした、直径四十センチ、長さ二メートルほどの丸太が貫いている。明日、この神輿を担いだ女性たちが、町を練り歩くのだろう。

宿でポスターを見ていたから改めて驚きはしないが、なんと言っていいのか……奇抜な神輿。

「すげー、カッコいい！」と、私とは違う感想を口にする横山くんは、「紗姫、横に立って。写真撮るから」と驚くことを言ってきた。

「嫌よ、恥ずかしい」

「なんで恥ずかしいの？　神様なのに」

「わかってるけど……私には絶対に無理」

断固拒否する私に、今度は自分のスマホを渡してきた。横山くんが被写体になるから、写してほしいということみたい。

それならいいか、とスマホのカメラをズームにして、神輿に向けて構えた。

神輿に近づいていった彼は、横に立って丸太に触れようと手を伸ばす。

彼の右手が丸太の先端部分に触れようとした、まさにそのとき、「触るでねぇ！」と私の後ろに大きな声が響いた。

肩をビクつかせて振り向くと、怖い顔をしたおじいさんがひとり立っていて、私の横を素通りして横山くんに駆け寄った。

触ったり、写真を撮ってはいけなかったのか……。

バチ当たりなことをしたに違いないと反省し、私もそばに寄って、横山くんとふたりですぐに「すみませんでした」と謝った。

しかしおじいさんは「そうでねぇ」と言って、触るなと叱った理由を話してくれた。

その説明によると、どうやらこの神輿は女性しか触れてはいけない決まりらしい。女性がこの神輿を担いだり触れたりすることで、子宝に恵まれるご利益があるそうだが……。

「男が触れたらな」

なぜかそこで言葉を一旦区切り、怪談話をするような恐ろしげな顔をして、横山くんを見るおじいさん。

横山くんはゴクリと唾《つば》を飲み込み、恐る恐る話の続きを促す。

「もし、男が触れたら……?」

「種なしにされるずら」

〝種なし〟とはつまり、無精子症のことだろう。

横山くんは青ざめて「触ってないです」と、首を小さく横に振っていた。確かに、まだ触っていない。おじいさんの登場が一秒でも遅ければ、確実に触れていたと思うけれど。

すっかり写真を撮る気の失せた彼に、スマホを返す。

親切なおじいさんは「気いつけれ」と言葉を残して去っていき、真顔の横山くんはゆっくりと後ずさるように神輿から離れていた。

それを見て、私は笑う。それは明らかに言い伝えというか迷信なのに、そこまで怯える彼がおかしかった。

声に出して笑いながら、女性は触れてもいいということなので、丸太の先端に手を伸ばす。磨き込まれた木の表面はツルツルスベスベして、撫でる手の平に心地よい感触を与えてくれる。

するとカシャリとシャッター音がして、横山くんが私と神輿をスマホに収めてしまった。

「やり～。絶対に無理とか言ってたのに、笑顔で撫でてんじゃん」

あ、しまった……。

ニヒヒと笑う彼に、頬を膨らませて抗議してみせたが、すぐに噴き出してしまう。

お互いを指差して、笑い合う私たち。それからしばらくの間、神様に怒られやしないかと心配になるほどに、ふたりでお腹を抱えて笑顔を見せていた。

楽しい……この時間がずっと続けばいいのに……。

古宿の布団の距離

空が茜《あかね》色に染まる頃、私たちは神社を後にする。

笑い合った楽しい時間はもうおしまいで、飲み会の時間が迫っていた。

人の流れが神社から、これから花火が打ち上がるという川のほうへと動いている。

車に乗り込んだ私たちは人の流れと逆方向へ。住宅街を抜け、元温泉街へと続くなだらかな坂道を上り、荷物を預けてある旅館の駐車場に車を停めた。それから今度は歩いて坂道を下り、この元温泉街の入口に建つ、古びた雑居ビルの前までやってきた。

外壁の塗装がはげて廃墟《はいきょ》のようだが、飲み会が開かれるスナック葵の看板にはちゃんと明かりが灯《とも》っている。

横山くんは神社を出てからも、ずっと高めのテンションで上手な鼻歌を披露《ひろう》してくれるが、私はもう笑えなくなっていた。

ここからは、決死の覚悟で臨まないと。震えて泣いて、逃げ出すわけにはいかないのだから……。

斜めに長く伸びる自分の影を睨むように見ながら、嫌で仕方がない気持ちを押し込め、しっかりしろと心の中で檄《げき》を飛ばす。すると、横山くんに注意される。

「紗姫、眉間に皺が寄ってる。スマ〜イル」

わかっていても、こんな気持ちで愛想のよい笑みを浮かべるのは難しく、しかめっ面のまま口の端だけ無理やり上げて笑ってみせると、彼が噴き出した。

「もっと気を抜きなよ。大丈夫だから。飲み会は俺の得意分野だし、絶対に紗姫も楽しめるようにするからさ」

確かに私と違って宴会慣れしてそうな横山くん。しかし、いくら彼が盛り上げ上手でも、私を楽しませることは不可能だ。

男性の間に座らされ、体がくっつかないようにと気にしながら笑顔を作り続けるなんて、私にとっては拷問《ごうもん》に近いことなのに。

重い足取りで、コンクリートの建物内に足を踏み入れた。

スナック葵はビルの三階で、同じフロアにほかに二店舗分のスペースがあるのだが、シャッターが下ろされ、店舗募集の不動産屋の張り紙がされていた。

今は十八時十五分。約束の十五分前。スナック葵のドアを開けると、草沼さんをはじめとした葉王の男性社員九名がすでに揃っていて、ビールや焼酎水割りを片手に宴会を始めていた。

「遅くなりまして、すみません」と横山くんが謝ると、草沼さんが赤ら顔で言う。

「いーんだよ、ただの飲み会で接待じゃないんだから。むしろ、ごめん。うちは早く飲みたい仕事嫌いのオヤジばかりでさ～」

謝ったのに、謝られる。草沼さんの言葉に葉王のほかの男性たちが、酔っ払いの明るいテンションで大笑いしていた。

それほど広くない店内は貸切状態だった。アーチ型の七、八人掛けの長いソファに、その形に合わせた楕円のテーブルと、丸椅子が三つのボックス席。ほかは四つの椅子が並んだカウンター席のみ。テーブルの上には予想通り、去年と同じ出前の寿司桶《おけ》がドンと置かれていて、スナックのつまみも数種類並んでいた。

これもやはりと言うべきか、私と横山くんは葉王の社員の間に分かれて座らされた。

そして日中の商談の場にいなかった人たちに名刺を渡して挨拶すると、横山くんの呼び方がすぐに『遼介くん』になっていた。

彼の隣に座っている人は天下の葉王の副工場長なのに、横山くんは……。

「そうなんですよ！　俺も犯人はてっきりゴトウだと思って」

出会って三分で、取引先のお偉いさんとドラマの内容で盛り上がれる、その親しみやすさという強力な武器が羨ましくもあり、その一方で『嘘でしょ』と、少し引いてしまう自分もいた。

私はというと、右隣に座る草沼さんに「紗姫ちゃんもお寿司食べてね」と、言われて戸惑う。どうやら横山くんのついでに、私まで下の名前で呼ばれることになったみたい。

そんな私の四つ隣の席では、「遼介、昼間のあの話、副工場長にも聞かせてあげて」と、名前を呼び捨てにされるほどに、彼はさらに仲を深めていた。


ビールをチビチビと口にしながら、時間は過ぎて十九時半近くなる。

不思議……両隣を男性に挟まれているのに、私、まだ大丈夫だ。

もちろん緊張もしているし、左右の男性がテーブル上のグラスに手を伸ばすたびにピクリと反応して、怖くもあるけれど、まだ手は震えていない。心に余裕があるのは明らかだった。ガチガチに固まることもなく、話しかけられると作り笑顔でそれに応じられる自分に驚いている。

どうして……男性恐怖症とも言えるこの症状が、治ったとか？　いや、違う。やっぱり横山くんがいてくれるおかげだろう。

葉王の男性たちの意識が、私に向いていないのがよくわかる。みんな横山くんの話に夢中で、去年はカラオケでデュエットしようとしつこく誘ってきた人も、今はカラオケの存在すら忘れているみたい。

ちやほやされないこの状況が、とても楽だった。不安がないとは言えないが、生き地獄を味わった去年に比べたら天国と言ってもいい飲み会になっている。

横山くんに感謝しつつ、このまま終わってくれたらどんなにいいかと思っていたら、スナック葵のママさんが、新しい水割りのグラスをテーブルに置きに来た。

「十九時半過ぎたから、そろそろじゃない？」

ママさんがそう話を振ってきたその直後に、ドーンと大きな音が外から響く。

これは……打ち上げ花火の音みたい。日が落ちて、花火大会が始まったのだろう。店内に窓はひとつあるが、残念ながら花火が上がる方向とは違うらしい。

この店の従業員は五十代のママさんのほかに、三十代前半の女性がふたりいて、そのふたりが「すみませ～ん、ちょっと花火見てきま～す」と言って、店を出ていった。

私も見たいと思ったが、薬王のみなさんに失礼だと思い、席を立てずにいた。お姉さんたちが出ていってパタンと閉まったドアを見つめ、それから視線を前に戻すと、なぜかこっちをじっと見ていた横山くんと目が合った。

首をほんの少し横に傾げると、彼はニッコリと私に笑いかけ、それからよく通る声で言った。

「うちの姫にも花火を見に行かせてやりたいんですけど、いいですか？　花火大会があると聞いてから、ずっとソワソワしてたんで」

え……花火は見たいけれど、決してソワソワしてないし、飲み会も仕事のうちだという自覚があるから、ワガママを言うつもりは毛頭ない。

急いで横山くんの言葉を否定しようとしたが、私が口を開く前に左隣に座っていた葉王の男性が立ち上がり、私が抜けるための道を作ってくれる。

「あ、あの、私は別に……」

「紗姫ちゃん、行っておいでよ。廊下の窓からよく見えるから」

「やっぱ女の子だな〜。花火が大好きだなんて可愛いな〜」

口々にそう言われて立ち上がったが、本当に抜けていいものかとまだ迷っている。

すると横山くんが「早く行きなよ」とビール片手に言ってから、葉王の男性社員に新たな面白話を提供している。

周囲は楽しげな笑い声に包まれ、本当に抜け出しても誰も気にしなそうな雰囲気。

それを感じてペコリと頭を下げると、私はスナックをあとにした。横山くんにありがとうと、心の中で呟きながら……。

廊下に出て、花火の見える窓はどこだろうと、キョロキョロ見回す。すると角を曲がった先から、女性の話し声が聞こえてきた。

声のほうへ進んでいくとトイレがあり、その先の突き当たりの窓辺に、店のお姉さんたちがいた。

開け放した窓からドーン、パラパラと、打ち上げ花火の音が絶え間なく聞こえ、花火の片鱗《へんりん》も見えていた。

ゆっくり近づいていくと、気づいた彼女たちが振り向いて、先に声をかけてくれる。

「お客さんも花火、見に来たの？」

「よく見えるよ〜。ここに、おいで」

お礼を言って真ん中に入らせてもらい、目にした景色に「わぁ！」と歓声が口をついて出た。

ここは山の中腹より少し下がった場所なので、花火が打ち上げられている河原が遠くの下のほうに見えた。吊るされた行燈《あんどん》や家々の窓の明かりも、点となって見える。

そして紺碧《こんぺき》の夜空には、大輪の花が。ヒューと高い音が響いた後にドンと弾けて、赤や黄色、緑や紫、次々と美しく咲いては消えていく。

こんなによく見える場所から打ち上げ花火を見るのは初めてで、あまりの美しさに感動して涙が出そうなほどだった。

三人並んで花火観賞している間、彼女たちは気さくに話しかけてくれた。「お客さん、東京の人?」から始まって、すぐに話題は横山くんのことに。

ふたりは「うちの店にもやっとイケメンが来たね～」と喜んでから、彼についての情報を聞き出そうとしてきた。

しかし私に答えられたのは、彼の年齢と役職くらい。血液型も誕生日も趣味も知らないし、連絡先は勝手に教えられない。乗っている車種は忘れてしまった。

お役に立てない私に「結局、イケメンの情報ないんだけどー」とひとりが笑いながら文句を言い、もうひとりは「さては、隠してるな～?」と私を肘でつついてくる。

こういう明るい感じの責められ方なら、悪くない。まるで友達ができた気分でドキドキする……。

嬉しくなってついニヤけていたら、「隠さないで教えてよ～」とふたりがかりでくすぐられた。笑い声をあげる私に、「ずるーい」とお姉さんふたりの声が綺麗にハモッたそのとき。

コツコツと後ろに革靴の音がして、「楽しそうだね、俺も交ぜて」と横山くんの声がした。

振り向くと、ネイビースーツのジャケットを脱いだ白いワイシャツ姿の彼が、左手をズボンのポケットに入れて、右手でネクタイを緩めながら近づいてくる。

お酒のせいで甘い瞳が少々潤んでいるのが、もともとの色気をパワーアップさせていて、私と一緒に大笑いした神社の彼と別の顔に見えた。

いかにもモテそうな大人の雰囲気を纏《まと》う夜の彼に、女性三人並んだ中で、私だけが表情を硬くする。

横山くんはいい人だとわかっている。この飲み会でも助けられた自覚はあり、感謝もしている。それでも、女子の集団の中にモテる男性がひとり交ざるというこの状況は、歓迎できるものではなかった。過去の経験から、この先には危険な展開が待っているはずだと脳が判断して、笑えなくなるのだ。

そして予想通り、さっきまで友達のように話してくれたお姉さんふたりに、体を使ってゆっくりと後ろに押し下げられた。まるで横山くんの視界に入るなと言いたげに、ふたり並んで私の前に立ちはだかって。

それは多分、無意識で本能的なもの。自分に注目してもらいたいから、ほかに目立つ存在がいれば排除するのだ。

葉王の男性社員に邪魔されて、店の中で思うように近づけなかったという話をして、

「もっとサービスしたかったのに～」と、彼女たちは競うように好意を示す。

横山くんはいつもの明るいノリで、「マジすか？　嬉しいな～」とそれに応えていて、楽しそうな三人に背を向けた私は窓辺にもたれ、また花火を見始めた。

大きい花火もいいけれど、小玉の連弾も好き。色が重なって、花束みたいでとても綺麗……。

目は花火に、耳は後ろの会話に、心は……ふたつの間を行ったり来たりしていた。

お姉さんたちは口々に横山くんの容姿を褒めちぎってから、「彼女いるんでしょ？　どんな子？」と聞いていた。

「いないです」

彼のそのひと言に「嘘っ!?」と、驚きより喜びの強い黄色い声が廊下に響く。

まだ新しい彼女はいないのか……。

総務の長谷川さんと別れたのは、半月ほど前のことだったと思う。いつもなら半月もあれば、とっくに次の彼女ができているはず。彼を狙っている女子社員はたくさんいるのに、今回はどうして……。

ヒュルヒュルと夜空に上がった火の玉は、ドンと弾けて、イラストのようなものが夜空に浮かび上がった。これは型物《かたもの》と呼ばれる花火で、斜めになってわかりにくいけれど、スマイルだろうか。型物花火を考えた人はすごいと思うけど、私は普通の花火のほうが好きだな。

なんとか気持ちを花火だけに向けようと努力していた。それなのに、横山くんに彼女がいないと知ったお姉さんたちのテンションがさらに上がるから、どうしても後ろが気になる。

ふたりは自分たちも今フリーだとアピールしていて、「年上の女はどう？」と、彼の好みを探っていた。

「年上は包容力があって、楽に付き合えるから好きですよ」

その答えに、横山くんの過去の年上彼女を、私の頭が勝手にリストアップする。

うちの部署では三歳上の鈴原《すずはら》さん、経理の山本《やまもと》さんも年上で、あとは秘書課の小倉《おぐら》さんと……。

横山くん関係の噂はあっという間に社内に広まるので、興味のない私でも歴代の彼女が誰なのかを大体知っている。数えてみると年上より年下のほうが多いので、決して年上好きというわけではないと思うけれど。

つい後ろの会話に反応してしまう私だが、目線だけは頑固に花火に向け続けていた。

今のはなんという名前の花火だろうか？　大きく咲いた後に尾を引いて、菊の花みたい。

お姉さんたちを喜ばせたいのか、まるで年上好きのような発言をした横山くんに、少し呆れながら花火を鑑賞していた。

するとふたりが、「ねぇ、私と付き合わない？」「あ、ずるい！　私も彼女になりたーい」と、立候補していた。

当然、流れはそうなると思っていた。横山くんはフリーのときに告白されたら、大抵断らないと、前に桃ちゃんから聞いたことがある。

それは振るのがかわいそうだという彼の優しさらしいが、好きでもないのに付き合うことが私には理解できない。でも横山くんの恋愛だから、文句を言う気もない。

ということは、今度の彼女は長野在住なので、遠距離恋愛を頑張ってという感想を持つだけなんだけど……なぜだろう、なんだか面白くない。イライラするのは、生理が近いせいなのか。

花火は変わらず美しい花を咲かせているのに、気持ちは完全に夜空から離れ、後ろの会話が気になって仕方なかった。

横山くんは、このふたりのどちらと付き合うのだろう？　私にとってどうでもいい情報のはずなのに、どうしてこんなにも気になってしまうのか……。

体を半分ひねって、そっと後ろを振り向くと、立ち塞がる彼女たちの間に横山くんの整った顔が見えて、甘口の瞳と視線がぶつかった。

なぜか嬉しそうにニッコリと笑った後に、彼は形のよい唇を動かす。

「年上は好きですけど、俺、しばらく彼女作る気ないんで、すみません」

断った……どうして？　遠距離だから？　それとも、社内の女性じゃないとダメとか？

彼の恋愛観を踏まえるとOKしてもおかしくないし、受けないにしても持ち前の営業トークで上手くかわすと思っていたので、意表を突かれて思わず目を瞬かせた。そして、その断りの言葉を、彼女たちではなく私をまっすぐに見つめて言うのはどうしてなのか。

「えー」と残念そうな声を出すふたりに、横山くんはもう一度謝ってから、言葉をつけ足す。

「気になる子がいるんです。この前、その子に言われたんで。女性との付き合い方を再考しなさいって。今のままの俺じゃ、恋愛対象にしてもらえないみたいなんで、変わらないと」

「なにそれー、イケメンくんが振られたってこと？」

「まあ、そうですね」

横山くんの視線はまだ、お姉さんふたりの間を素通りして私に向いている。

それって、もしかして……。

驚きのあまり、閉じられなくなった口を片手で隠し、私はひとり過去を振り返る。

大会議室の前で復縁を求める長谷川さんと、それを断る横山くんの会話を思いがけず立ち聞きしてしまった。あの後、『女性との付き合い方を再考したら？』と、言った覚えがある。恋愛経験ゼロの私がなにを偉そうに言っているのだろうと、自分にツッコミを入れつつ、彼に説教した記憶が。

気になる子って……私のこと？　まさか横山くんは、私が好きなの？　仲良くしたいって、同期としてじゃないの？

衝撃とともに、たちまち鼓動が速まり、かつて経験したことのないような甘酸《あまず》っぱさを感じていた。花火を気にする気持ちは消え失せ、横山くんに向ける顔が熱くなる。

しかし、その気持ちを覆い隠すかのように、すぐに心の中に暗雲が立ち込めた。

注目の的になりやすい横山くんの恋愛事情は、あっという間に社内に広まる。私に交際を求めたなんて噂が立てば、身の破滅。女子社員に敵視されてつらい過去に逆戻りだ。

それをどうしても連想してしまう私は、頭の中で必死に逃げ道を探していた。

そうだ……振られたのかと聞かれて、横山くんは『まあ、そうです』と答えていた。私は横山くんを振っていない。『好きだ』とも『付き合って』とも言われていないのだから、断る展開に至っていない。だから横山くんの〝気になる子〟が、私とは限らない。

花火の音がやんでいることにも気づけずにいた。横山くんは相変わらず私を見つめ続けていて、たまらず目を逸らす。

葉王の人たち、横山くんを待っているんじゃないかな。多分、トイレと言って抜けてきたと思うから、そろそろ戻ったほうがいいと……。

困る展開になりそうだから、それ以上なにも言わないでほしかった。早くここから立ち去ってほしい……そんな風に願っていたのに、決定的な言葉を言われてしまう。

「振られたけど、告白はしてないんです。デートの帰り際に『嫌い』と言われて」

やっぱり、私みたい……。

人気者の彼に『嫌い』とひどい言葉をぶつける女性は、私しかいないと思う。本当は嫌いじゃないけれど、男性だから近づかれるのは怖いし、平和な今の日常を壊されたくないから避けてしまうだけで……。

横山くんのほうを見ることができず、うつむいていた。でも感じる。突き刺さるほどにまっすぐ私に向けられる、彼の視線を。

戸惑う心に彼の声が入り込み、私から落ち着きを奪い去る。

「入社以来、ずっと気になってた。ガードが固すぎて中に踏み込ませてくれなくて、近づけなかった。最近、少しは距離が縮んだ気がして喜んでたのに……」

「えー、かわいそうー」

「けど俺、嫌われてる気がしないから、余計に困っていて。社内ではツンツンなのに、ふたりになると、ときどき可愛く笑ってくれたり、急に素直なことを言って赤くなってたり。俺が贈ったコンパクトミラーを使ってくれてたり、わざわざ俺の使った爪楊枝を使ってイカ焼き食べたり。これで嫌いと言われてもな……どう思います？」

横山くんの問いかけにお姉さんたちは、私の気持ちとは違う女心を、張り切って教えてあげていた。嫌いと言った理由は気を引きたいからだとか、そういう女は実はM気があって、強引に押し倒されるのを待っているとか。

横山くんが答えを求めている相手は、彼女たちではなく私だとわかっていた。それでも私だけはなにも言えずにいる。心の中でどうしようと繰り返すだけで……。

そのとき、廊下の角を曲がった向こうでドアの開く音がして、スナックのママさんの大きな声が響いた。

「ちょっと、うちの女の子たち、どこ行ったのー？　花火終わったんでしょー？　働かないと給料出さないよー！」

その言葉で我に返り、花火の打ち上げが終了していることに、やっと気づいた私。

お姉さんふたりは「ヤバッ」と呟いて、高いヒールのパンプスをカツカツ鳴らし、急いで店に戻っていった。

ママさんが開けたドアから、葉王の男性たちの盛り上がっている笑い声が聞こえ、カラオケの音も大音量で漏《も》れていた。それがドアをバタンと閉められたことで、急に途絶える。

静かな廊下で、二メートルほどの距離を置いて、向かい合って立つ私たち。

「紗姫」と、どこか緊張をはらんだ声で呼ばれ、あからさまに体をビクつかせてしまった。

それでも困る言葉を言われないようにと、慌てて私から先に話題を振る。

「も、戻ったほうがいいと思う。ほら、横山くんがいないと盛り上がらないだろうし」

「さっきの聞こえなかった？　俺が抜けても、楽しそうな声が響いてたけど」

「で、でも、ふたりして抜けるのはマズイから……横山くんが戻らないなら、私だけ先に戻ってる」

決して目を合わせないようにして、彼の横を走り抜けようとしたら、手首をつかまれた。

「ヤ、ヤダ……離して……」

「やっぱり震えるんだな。観覧車のときにも思ったけど、やっぱり紗姫って男性恐怖症だろ」

「違う！」

「隠すなよ。そう考えるとすべてに合点がいく。社内でわざとツンツンしてんのは、男除《よ》けのため？」

彼のひと言ひと言に、心臓が跳ねてから縮み上がる。すべてバレている。高慢な女を演じている理由まで……。

腕はすぐに離してくれたので、直接的な恐怖からは解放されたが、鼓動は変わらずドクドクと、振り切れそうなリズムを刻んでいた。もうダメだとわかっていながらも、はがされた仮面を被り直して必死に演技をする。

「どうしても私を弱い女に仕立て上げたいようだけど、すべて間違いだから。男なんか怖いわけないでしょ。くだらない男が、この私に触れるのが許せないだけよ」

腕組みをして、重心は左足に。右足は斜め横に出し、パンプスをわざとコンクリートの床に叩きつけて音をたてた。

横山くんのほうが二十センチ近く背が高いけれど、顎先を上に向け、見下したような視線を浴びせていた。

すると彼が眉間に皺を寄せて、不機嫌そうな顔をする。

「バレてんのに、なんで認めないんだよ……」

彼は低く吐き捨てるように言った後、一歩踏み込んで距離を縮めてきた。

素早く伸びてきた腕にドンと肩を押された私は、背中をコンクリートの壁に押しつけられた。

笑顔の印象が強い少し垂れ目の双眼に、今はイラ立ちが表れて、私をまっすぐに睨みつけている。

逞しい二本の腕が顔の横に突き立てられ、思わず「キャア!」と悲鳴をあげて両腕で顔をガードした。

怖いよ……。横山くんもやっぱり、強引に押せば私を手に入れられると思うタイプの人なんだ。

過去にもこんな風に、手荒なことをしてきた人が何人かいた。告白されて断ったら、肩を強くつかんできたり、逃げる私を人気《ひとけ》のない場所に追い込んだり。

横山くんも同じだなんて、悲しい……。

ブルブルと震えながら怯えて、今にも泣きそうになっていた。

ガードしている腕に彼のため息がかかると、一拍置いて、私を囲う腕が外された。

「怖がらせてごめん。なにもしないから……」

そんな謝罪の言葉に被せて、スナック葵のドアが再び開く音と賑やかな店内の音がした。そして、それが消えた後に、誰かがこっちに向かってくる足音が聞こえた。

ハッとして滲んだ涙を拭き、腕のガードも下ろして、コンクリートの壁から背中を離す。

横山くんも音のするほうへ体を向けていた。

廊下の角を曲がって現れたのは、葉王の副工場長。私が抜け出す前より、かなり酔いが回っているのがひと目でわかった。

少々生え際の後退している額まで赤ら顔で、フラフラと千鳥足。大丈夫だろうかと心配の目を向けていると、トイレに入ろうとしていた副工場長が、やっと私たちの存在に気づき、足を止めた。

「はれ、見たことある顔らな……どちらさんれしたっけ？」

「ご冗談を。さっきまで一緒に飲んでたじゃないですか」

「あ～、遼太郎か～」

「遼介です。大丈夫ですか？　トイレ、ご一緒します」

呂律《ろれつ》も回っていないし、記憶も混乱しているようだ。

フラフラとまっすぐに立っていられない副工場長を心配し、横山くんが背中に手を添えて、一緒に男子トイレに入ろうとしていた。

私は両手の拳《こぶし》を握りしめると、カツカツと歩きだす。すれ違いざまに、もう一度ハッキリ否定の言葉を口にしておいた。

「勘違いして私を守ろうとしてくれたようだけど、余計なお世話だから」

この飲み会で横山くんが終始、場を盛り上げ続けてくれたため、男性たちの意識が私に向かずに楽だった。〝花火を見る〟という口実で長時間抜け出す機会も与えてくれて、感謝もしていた。

しかし彼の一連の言動の裏に、男性恐怖症の私を守ろうという意思が働いていたのであれば、ありがたくない。私としては、素顔を見られたくないのだから。

横山くんからの返事はなかった。というより、へべれけの副工場長が転びそうになって慌てている。

まだごまかせる……。残り時間、横山くんの助けがなくても平然としていられたなら、きっと勘違いだったという方向へ持っていけるはず……。

どうしても素顔の自分を知られたくない私はそう言い聞かせて、決意を新たにする。

スナック葵のドアを開けて中に入り、「前、すみません」と狭い隙間を通って、自ら男性たちの真ん中の席に座った。

そこはさっきまで横山くんが座っていた席で、副工場長の隣の席。戻ってきた副工場長が酔いに任せてベタベタしてくることだろうと、理解して座っていた。

もちろん嫌だけど、それを乗り切ってみせればきっと、疑惑から逃げることができるのではないかと……。

少しして副工場長と横山くんが戻ってきた。カウンターの中にいるママさんに、副工場長が新たに焼酎水割りを頼んでいて、横山くんが水九割で作るようにと、こっそり身振り手振りでお願いしている様子が見えた。

アーチ型の長いソファの真ん中に副工場長が戻ってきて、私と並んで座る。

私に場所を取られたかたちの横山くんは、ひとり掛けの丸椅子に腰掛け、なにか言いたそうな視線を向けてきたが、私はそれを無視した。

予想通り、酔って理性が半分崩れた副工場長は、私にスキンシップを取り始めた。

「紗〜姫ちゃん、おじさんれ〜、綺麗な女の子はだ〜い好きなんらよ〜」

そう言って、まずは手を握られる。途端に鳥肌が立つけれど、大丈夫。社会人になってから取引先の人と握手を交わす機会はたまにあり、覚悟を決めて臨めば、震えずに握手することくらいできるから。

だから副工場長に左手を握られても……怖い……いや、怖くない、絶対に。これくらいなら、私は耐えられるはずなんだ。

しばらくその状況が続き、今度は太ももの上に手を置かれた。ベージュのタイトスカートは夏物の薄手の生地なので、手の温度や湿り気が肌にまで伝わる。これには微かに体が震え始めたが、耐えられると強く自分に言い聞かせ、作り笑顔で酔っ払いトークに相槌《あいづち》を打ち続けた。

テーブルを挟んだ遠い位置に座る横山くんは、言葉数が極端に減っていた。始めのような盛り上げ役を務めることもなく、ただビールを口にしながら、こっちを気にしているだけ。

観察されている……私が本当に平気なのかを。それを感じて、私はただ相槌を打つだけではなく、積極的に副工場長に話しかけてみた。

すると、ますます気をよくした副工場長の手が、太ももをまさぐるように撫で始めて……。

逃げ出したい気持ちを必死に押し込め、私は笑顔をキープする。でも、その表情はぎこちなく、徐々に引きつっていく。体の震えも強くなり、副工場長の手にはハッキリと伝わっていることだろう。

幸いなのは酔っ払い集団の中で、私のそんな変化に気をとめる人が誰もいないということ。こっちをじっと見ている、横山くんを除いては……。

時刻はやっと二十一時半になる。去年は二十二時にお開きとなったので、あと少しの辛抱。

飲み会の出だしは横山くんが守ってくれたおかげで時が経つのを早く感じたが、今は腕時計にチラチラ視線を落としては、なかなか進まない針に文句を言いたくなっていた。

さっきからカラオケを独占している人がいた。去年もマイクを離さなかった覚えのある彼も、さすがに数曲連続して歌うと喉が疲れたようで、席に戻ってきて代わりに歌ってくれと、横山くんに声をかけていた。

促されて立ち上がり、横山くんが店の端のカラオケセットの前に立つ。彼がリモコンを操作すると、数年前に流行った男性デュオの曲が流れ、綺麗なメロディーに乗って、しっとりと色のある声で歌いだした。

すごい上手……。

この曲は好きで、数年前に流行ったときには、ダウンロードしてよく聴いていたけれど、横山くんの声で聴くほうが好きかもしれない。

つい聴き入ってしまいそうな歌声だが、そうなれないのは副工場長の右手のスキンシップが絶え間なく続いているからだ。

左腕を揉《も》むように撫でられて、泣いて逃げ出したい気持ちと葛藤《かっとう》していた。酔いの回ったうつろな目が私の胸元に向いていて、もし胸を触られたらと危ぶむ思いに、震えは収まりそうもない。平気だということを横山くんに示そうとしたけれど、自ら飛び込んだ生き地獄に後悔する気持ちが芽生えていた。

やっぱり、無理なことはやめておけばよかった。二十二時まであと二十四分。お願いだから早く終わって……。

嫌な汗が背中を伝って流れていた。苦しくて息が上手く吸えなくなっている。もうダメかもしれないと限界が見え始めたとき、副工場長が「葵ママ～」と甘えた声で私を呼んで肩を抱き寄せてきた。

ママさんに間違えられている……。

長年スナックを経営しているママさんなら、酔った客に肩を抱かれても上手くかわすことができるだろう。

でも私には無理。そんなスキルは持ち合わせておらず、パニック状態。相手は大切な取引先のお偉いさんで、失礼があってはいけないのに、抱え込まれた恐ろしさに悲鳴をあげそうになった。

しかし、私が叫ぶ前に状況が変化する。なぜか急にカラオケのメロディーがプツリと途絶え、マイクを通した横山くんの低い声だけが店内に大きく響いた。

「紗姫に触らないでもらえますか」

それまで賑やかだった話し声がやみ、みんなの視線が真顔の横山くんに集まる。酔いすぎの副工場長だけはヘラヘラと笑っているけれど、ほかの葉王の男性社員は急に不機嫌さを露《あら》わにした横山くんに戸惑っていた。

マイクを置いた彼は、大きな歩幅でこちらに向けて歩み寄る。座っている人とテーブルの間のわずかな隙間を無理やり通ると、私の肩から副工場長の腕を外して、それから体をねじ込むようにして私と副工場長の間に割って座った。

「横山くん……」

これはマズイ気が。副工場長の腕から解放されて強い恐怖から抜け出せたのはいいけれど、心は別のことに慌てていた。

葉王との関係がこじれて仕事がもらえなくなれば、うちの会社に八桁の損失が生じる。横山くんほどの人が、それをわからないはずはないのに……。

不穏な空気を生んだのは横山くんで、それを打ち破ったのも、また彼だった。相手の警戒心を溶かすような柔らかい笑みを作り、茶化したように彼は言う。

「副工場長、お触りは勘弁してくださいよ〜。俺、嫉妬で泣きそうです。実は彼女に惚《ほ》れてて……あ、振られたんで、付き合ってはいないんですけど」

「ん〜？　遼太郎は葵ママに惚れてんの？　ダメだよ〜ママは俺のもの〜」

横山くんの言葉に副工場長がトンチンカンな返しをするから、店内はドッと笑いに包まれた。

その後は私と横山くんの関係を冷やかされたり、なんで交際を断るのかと質問されたり、また明るい空気が場を包む。

「振られたのは秘密にしておいてください。恥ずかしいですから」

横山くんはそんな風に笑って受け答えしていて、隣に座る私は心が痛かった。

また守られてしまった。それも、彼のプライドだけが傷つく方法で……。

今、泣きそうなのは恐怖からではなく、横山くんの優しさのせい。差し出してくれた彼の手を払いのけ、横柄な態度でひどい言葉を浴びせる、こんな醜い私なのに……最後まで守ってくれるなんて。

心を囲う強固な壁が、ガラガラと、音をたてて崩れ落ちそうだ。横山くんはほかの男性たちと、なにかが違う。すべて打ち明けたなら、私はどんな風に変われるのだろうか……。


結局、横山くんに守られっぱなしの私は、去年と同じ二十二時に飲み会から解放された。

薄汚れたコンクリートの塊から抜け出すと、空には美しい星空が。東京の空より夜の色が濃く、星の数が多くて、今にも降ってきそうだった。

葉王の人たちは呼んだタクシーに乗り合わせて帰っていき、それを見送った後に、私と横山くんが星空の下に残された。継ぎはぎだらけのアスファルトの坂を、涼しい夜風に吹かれて宿のほうへと上っていく。

横山くんは私の斜め前を歩いており、なにも言わない。

私も黙って大きな背中について歩いていたが、明かりに照らされる宿の看板の前で足を止め、彼を呼んだ。

「横山くん、あの……」

「なに？」と振り向いた彼は真顔で、笑っていなかった。

疲れているのか、それとも怒っているのだろうか。ずいぶんと周囲に気を遣っていたし、特に私が迷惑をかけたから。

彼が不機嫌になるのは当然だと思って反省し、深々と頭を下げた。

「ごめんなさい」

「なにについて謝ってるの？」

「私を守らせてしまったこと……」

こんな言い方をすれば、男性恐怖症を認めていると取られかねない。今までは弱気な素顔を見られたくなくて、ひた隠しにしてきたが、今はもうバレてもいいと思っていた。

彼は男性だけど、信じられる。社内で私の秘密を広めたりはしないだろうし、桃ちゃんと同じように、私を理解してくれる気がして……。

ところが横山くんは、私の謝罪を受け入れてくれなかった。「そういう意味で謝られても嬉しくない」と言い、期待外れといった顔で深いため息をつかれる。

謝り方を間違えたみたい……でも、どう言えばよかったのかわからない。下げていた頭を上げ、困り顔で横山くんを見つめる。

するとは不機嫌そうな表情をフッと和らげ、優しい声で言った。

「謝るなら、意地になって無茶したことを謝って。さらに言うなら、あのとき、俺に助けを求めてほしかった」

「横山くん……」

大きな手が私の頭に向けて伸びてきたが、彼は思い直したように途中で手を引っ込める。

「頭を撫でたらダメか」

引っ込めた手は、彼のズボンのポケットに。

私を気遣い、困ったように笑う彼を見ていると、胸がいっぱいになり、涙が溢れてポロポロとこぼれ落ちた。

「私……横山くんのこと、嫌いじゃないの。ただ、男の人が怖くて……」

「うん」

「本当は私、すごく弱くて泣き虫で……」

「うん、それから？」

相槌を打つ彼の声が温かくて、涙の量が増していく。私に触れず、じっと見守ってくれる優しさに、心のすべてを見せたくなる。横山くんにならこの不自由な心をわかってもらえそうだと……いや、理解してほしいと願ってしまう。

「聞いてほしい……私がどうして、こんな風になったのかを」

涙に言葉を詰まらせながら、思いを口にした。

自分から過去のトラウマ話を聞いてほしいと思ったのは、これが初めて。入社したての頃、ひとりで泣いていた姿を桃ちゃんに見られたときも、思わなかった。ただ桃ちゃんがズバズバと質問してくるから、それに答えていただけで……。

涙で視界がぼやけて、横山くんの顔がよく見えなかった。表情を読めないことで断られる不安がよぎる。

鼓動が速度を上げる中、返事を待つ私に差し出されたのは、青いハンカチ。

『涙を拭きなよ』という意味だと思うが、汚してしまうと思い、受け取るのを躊躇する。すると、顔に押しつけられた。

受け取らざるを得なくて、シャボンのいい香りがするハンカチで涙を拭かせてもらうと、やっとクリアになった視界の先で、横山くんがなぜか嬉しそうに微笑んでいた。

「話す気になってくれて、すげー嬉しい」

「あの、楽しい話じゃなくて、嫌な気持ちにさせるかもしれないんだけど……」

「どんな内容でも聞きたい。宿でゆっくり聞かせて。紗姫の部屋でもいいし、俺の部屋でも……あ、ロビーのほうがいいか」

旅館の部屋で男性とふたりきりになるのは、私にとって不安でしかない。それをわかって『ロビーで』と言ってくれる横山くんとなら、逆に、部屋でふたりきりでもいいような気がしていた。

それで、「横山くんの部屋に行く」と言ったら、彼は意表を突かれた顔をする。

「いいの?」

「うん。横山くんを信じてるから、大丈夫」

「それは嬉しいような、男としては苦しいような……。まあ、なにもしないけど」

顔を見合わせて笑い合う。それから並んで歩きだし、旅館に足を踏み入れた。

小さなロビーの照明は半分落とされ、夜仕様となっている。日中、荷物を預けに来たときには宿泊客がソファに座ってテレビを観ていたが、今は誰もいない。

薄暗いロビーはシンと静まり返り、フロントにも誰もいないので、カウンター上の呼び鈴を鳴らした。荷物を預けてもチェックインはまだなので、部屋の鍵《かぎ》をもらわなければならない。

すぐに奥の暖簾をくぐって出てきたのは、去年もいた、五十代くらいの男性……この宿の主人だ。

「いらっしゃいませ。ご予約のお客様ですか？」

「はい、横山です」

昼間のおばあさんは、なかなか話が通じずに困ったが、ご主人相手だと、少ない言葉でスムーズにチェックインの手続きが進む。

預けた荷物は部屋に運び入れてあるという説明を受け、朝食券二枚と部屋の鍵をカウンターの上に並べられた。

鍵にぶら下がるのは、半透明のプラスチックの棒に部屋番号が刻まれた物。古い宿によく似合う旧式の鍵を見て、私と横山くんは思わず顔を見合わせた。その理由は古いからではなく、ひとつしかないからだ。

すぐに横山くんが、ふた部屋で予約を入れてあるはずだと言ってくれた。すると慌てた様子で予約表のような用紙を引っ張り出し、カウンターの上で確認を始めたご主人。

「昼間に、ご予約内容の変更があったと、うちのばあさんが……」

予約表を覗き込むと、最初に予約を入れた須田係長の名前に二重線が引かれ、横山ご夫婦と書き直されていた。ふた部屋の予約だったところも訂正されて、ふたりでひと部屋に減らされている。

こ、これは……。

日中対応してくれたおばあさんに、子宝祈願のために祭りの観光に来た、新婚夫婦だと間違われたことを思い出す。荷物を預け、予約者の名前を変更してほしいと言ったのは私たちだが、部屋を一緒にしてほしいとは言っていないのだけれど。

慌てて私は宿の主人に言う。

「姓は同じでも夫婦じゃないんです。もうひと部屋、用意していただけませんか？」

新婚という勘違いをきちんと訂正しないままに宿を出た私たちも悪いので、文句は言わずに丁寧にお願いした。

しかし、焦りを顔に浮かべるご主人に、「申し訳ありませんが……」と断られる。

なんでもキャンセル扱いとなったひと部屋には、すでに飛び込みの宿泊客を入れてしまったらしい。さらには五年に一度の祭り期間中なので、今日はほかに空き部屋もなく、この元温泉街にあるほかの旅館も満員御礼だと言われ……。

宿のご主人は心底申し訳なさそうに謝ってくれるが、困る状況に変わりはない。

すると横山くんが、「俺は車で寝るから」と言いだした。

そんなことはさせられない。今日一日、私よりずっと活躍してくれて迷惑もたくさんかけた。明日の帰りの運転も横山くんなのだから、しっかり布団で寝て体を休めてもらわないと。

どちらか一方が車で寝なければならないとしたら、それは私だ。でもそんなことを言いだしても、横山くんは頷かないだろう。彼は優しい人だから。

お酒を飲んでいるので、車で隣町のビジネスホテルに行くこともできないし……。

横山くんを布団で休ませる方法はひとつしかなかった。カウンターの上に置かれたひとつだけの鍵を手に取り、私は宿の主人に言った。

「ふたりで、ひと部屋でいいです」

すると隣で横山くんが目を見開き、慌てて私を止めようとする。

「無理だろ。俺はよくても、紗姫が……」

「大丈夫。さっきも言ったでしょ、横山くんのことを信じてるから」

「紗姫……」

どっちにしろ、これから話を聞いてもらおうとしていたのだから大差はない。一、二時間話を聞いてもらった後に、お風呂に入って、並んだ布団で寝るだけ。

あれ……お風呂に布団……やっぱり大差あるかも。大丈夫かな、私……。

横山くんのことを信じていても、不安が頭をよぎる。でも宿の主人に感謝されるし、言いだしたのは私なのだからと、不安を無理やり押し込めて、ひとつだけの鍵を手に歩きだした。

部屋番号は二〇七。色あせた絨毯《じゅうたん》敷きの狭い廊下を進み、階段を上がって部屋の前に辿り着いたが、鍵を差し込むのをためらってしまう。

「紗姫、やっぱ俺は車で……」

隣で横山くんがそう言いかけるので、「大丈夫だから」と彼にも自分にも言い聞かせ、慌てて鍵を開けた。

軋むドアを開けて中に入ると、目の前には襖《ふすま》。靴を脱いでその襖も開けると、目に飛び込んできたのは布団だった。

広さ八畳ほどの和室いっぱいに並んで敷かれたふた組の布団。わかっていたはずなのに、息を呑む。でも、戸惑う姿を見せれば、また横山くんが『車で寝る』と言いだしかねないので、なるべく平静を装おうと努力していた。

意味もなく洗面所を覗いてみたり、障子を開けた先にある窓際の小スペースの椅子やテーブルに触れてみたり、小型冷蔵庫を開けてみたり。横山くんの存在をあまり意識しないように……そう思えば思うほど、逆に落ち着きのない行動を取ってしまう。

一方横山くんは、部屋の隅に寄せられた座卓の上の館内案内のパンフレットを、手に取って読んでいた。

「紗姫、風呂に行こうか」

「え……あの、私の話は？」

まずは話を聞いてもらいたいと思っていたのに、真っ先にお風呂の話をされて肩をビクつかせた。

すると彼は苦笑いして、手にしているパンフレットを指先で弾く。

「変な意味じゃないから怯えないで。大浴場の利用が〇時までと書いてあるからさ、先に風呂に入ったほうが時間を気にせずに話を聞けると思って」

腕時計を見ると今は二十二時二十分で、話は長くなりそうだから、確かに先に入ったほうがよさそうだ。

ここは元温泉旅館。温泉は枯れても普通の湯を張った大浴場が一階にある。部屋に古くて狭いユニットバスもあるが、横山くんの存在を気にしながらそれに入るよりは、大浴場に行きたいし。

おそらく私の気持ちを推測して、先に大浴場にと提案してくれた彼は、やはり優しい人。

信じているつもりなのに、つい怯えてしまったことを反省し、彼の提案に頷いた。

宿の浴衣とタオル、持参のバスセットを手にふたりで一階に下り、赤と紺、色違いの暖簾の前で足を止めた。

「部屋の鍵、俺が持っててい い？　多分、俺のほうが先に出ると思うから」

急がずゆっくり入れるから、そのほうが嬉しい。「それじゃ、また後で」と横山くんと別れ、女湯の暖簾をくぐると、ふんわりと湯の香りが脱衣所に漂っていた。

大浴場といっても小さな旅館なので、脱衣所も狭く、脱衣カゴも十五個ほどしか用意されていない。

バスセットとフェイスタオルを手にガラスの引き戸を開けて、浴場に足を踏み入れると、湯煙の奥のほうから先客たちの話し声が聞こえた。明日の神輿行脚のことを話しているので、祭り観光のお客さんに間違いないみたい。

六ヶ所しかない洗い場の端に座り、体を洗った後、私も湯船の中にお邪魔した。

少し熱めのお湯が気持ちいい。石造りの浴槽の縁に両腕を乗せ、その上に頭を乗せてくつろぐ。こうしてリラックスしていると、かなり疲れがたまっていたことを自覚する。今日は一日中、気を張っていたので、疲れるのも当たり前だけれど。

でも、そんな私よりも、横山くんの疲労のほうがずっと大きいはず。彼も広い湯船で癒されているといいな。

そんなことを考えていると、壁一枚隔てた男湯のほうから、笑い声が聞こえてきた。

これはもしや……。

耳をそばだてると、「おもろい兄ちゃんが来よった」とか「神輿に触ったら種なし!?」という会話が微かに聞こえたので、横山くんがまた特技を披露しているのだと思う。誰とでもすぐに打ち解けられるという特技を。

見知らぬおじさんたちまで楽しませる横山くんは、すごいよね……。

多少の呆れを込めた感想を持ちつつ、男湯の会話を何げなく聞いていたが、その後に「しっかし、いい体してんな〜。アレだろ、女をヒイヒイ言わせてんだろ」という言葉が聞こえ、それ以上聞き耳を立てるのをやめた。横山くんの裸を想像してしまうと、部屋に戻れなくなりそうだから……。


お風呂から上がったのは、それから一時間ほど後のこと。長い髪が半乾きの状態でドライヤーのスイッチを切り、急ぎ足で部屋の前まで戻ってきた。

広いお風呂が気持ちよくて、つい長湯したことを反省する。横山くんを待たせているのに……。

私を待っているうちに、疲れて眠っているかもしれないと心配していた。

今日、話を聞いてもらえないと困る。東京に帰ってからだと、忙しい彼にわざわざ時間を作ってもらうことに気が引ける。それに気弱な私のことだから、時間が経てば聞いてもらいたいというこの気持ちが、しなびてしまいそうで。

鍵はかかっておらず、手の中でドアノブがスムーズに回り、ドアを開けて部屋の中に入った。

襖をそっと開けると、「お帰り」と浴衣姿の彼が笑顔を向ける。手前側の布団の上にあぐらをかいて、スマホを片手に私を待ってくれていた。

寝ずに起きていてくれたことにホッとした次の瞬間、心臓が跳ね上がり、危うく腕の中のバスグッズを落としそうになる。

浴衣の前合わせが緩いから、引きしまった筋肉質の胸元が覗き込めた。

『しっかし、いい体してんな〜』と、先ほど男湯から聞こえてきた言葉を、頭が勝手に再生する。

洗いざらしの髪や、普段は決して目にすることのないすねから下の素足。

困った……どこに目をやればいいのかわからない。

心なしか顔が熱く感じ、それをごまかすためにバスタオルを干したり、バスグッズをしまったりとせわしなく動いていた。

すると横山くんが立ち上がり、窓際の小型冷蔵庫からなにかを取り出している。

「紗姫、緑茶とスポーツドリンクどっちがいい？」

私に向けて差し出す二本のペットボトルは、多分、ロビーの自動販売機の物だろう。私の分まで買ってきてくれたんだ……。

緑茶を選んでお礼を言う。横山くんは気の利く人。いろいろとしてもらってばかりの私は、彼になにも返せない。それを申し訳なく思いながらも、これから私の過去の話に付き合ってもらうという、面倒もかけようとしている。

「話、聞いてもらっていいかな」

横山くんと向かい合わせに立っている私は、手の中の緑茶から視線を上げて、整った彼の顔を見た。

すると、その顔がなぜか赤いことに気づく。

お風呂のせいかと一瞬考えたが、私より先に上がって部屋で待っていたし、今さっきまで普通の顔色をしていたので、それはない。

「顔、赤いよ？」

不思議に思い、つい言ってしまったのは、余計なことだったみたい。

横山くんが困ったような顔で前髪をかき上げ、言いにくそうに話してくれる。

「紗姫が髪を下ろしているところ、初めて見たから……」

「う、うん、まだ乾いてなくて、結ばないほうがいいと思って」

「そうだよな、当たり前の理由で髪下ろしてんだよな。わかっていても、俺、ヤバイ。色っぽい浴衣姿と濡れた髪に、勝手に体が……」

つい横山くんの股間に視線を向けて「見ないで」と言われる。

「あ、あの……」

思わず一歩後ずさると、慌てたように彼が言葉をつけ足した。

「大丈夫、絶対になにもしないと誓うから。ただ、煩悩を捨て切れそうにないから俺の視界に入らないで。話を真剣に聞きたいからさ」

「う、うん、わかった」

頷いてみたものの、狭い部屋なので視界に入るなと言われても……。どういうポジションを取ればいいのかとオロオロしていたら、横山くんに具体的に指示された。

「紗姫はここに、こっち向きで座って。俺はここ」

それは布団の上に背中合わせで座るというものだった。横山くんがドア側、私が窓のほうを向いて。

二十センチの距離を置いて背中合わせに座ると、お互いが視界に入らず、私も話しやすいし、横山くんも聞きやすいだろう。

それから、およそ一時間後。宿の中はシンと静まり返っていた。ほかの宿泊客は眠りの中にいるようで、ときどき聞こえていた廊下を歩く人の声や物音が、今は全く聞こえない。

私は横山くんと背中合わせに座ったまま、膝を抱えて過去の話をし終えたところだった。

中学生のときに仲良しグループを外されたことは、今でも大きな傷跡として心に残されている。

ユウたちはまだ、私を誤解したままなのだろう。私がユウの好きな男子を、横取りしようとしたのだと……。

つらく悲しいあの出来事が、私がこんな風になってしまった最大の原因。でもあの時点では、男性を恐ろしいと思ってはいなかった。ただ、男子が絡むとろくなことがないと思う程度で。

それが高校に進むと、つきまとわれたり、待ち伏せされたり、時には悲鳴をあげて逃げなければならないほど強引に迫られ、苦手から恐怖に感情がエスカレートしていった。
男子が寄ってくるほど、女子は離れていくし、ヒソヒソ聞こえてくる陰口と敵意の
こもる視線が痛かった……。
すべてを打ち明けて、横山くんからもらった緑茶をひと口飲む。背中はくっついて
いないけれど、なんとなく彼の体温が伝わってくる気がしていた。温かくて優しくて、
その大きな背中にもたれてみたくなるが、そうできないのは心の中の怖いという感情
を消せないから。
こんなに親身に話を聞いてくれる横山くんも、男性なので恐怖の対象に入ってしま
う。多感な時期に蓄積されたこの負の感情から、抜け出せそうになかった。
横山くんは「大変だったな」と同情してくれて、それから自分と比較する。
「俺も高校時代は結構告白されてたけど、紗姫みたいにはならなかったな。男友達も、
変わらずに友達でいてくれたし。なんでだろ？　男と女で違うのかな」
それもあると思うけれど、性格の問題かもしれない。横山くんと私は、真逆といっ
てもいいほど違うから。私の弱くて泣き虫なところも、女子に嫌われる原因だと思う。
『か弱いイメージを作ろうとしてんの？』

『泣けば、男が守ってくれると思ってるんでしょ』

過去にはそんな言葉もぶつけられたことがあった。

横山くんの中高生時代は知らないが、きっと今と変わらず明るい人気者だったのだと想像できる。私も横山くんみたいな性格になりたいけれど、あまりにもかけ離れているから、無理だろう。

ともあれ、話を聞いてもらえて心が少しだけ楽になれた気がする。社内で桃ちゃん以外にも、素顔を見せられる人ができたのが嬉しい。

ただ、桃ちゃんみたいにランチをともにする関係にはなれない。横山くんとはこれからも一定の距離を置かないと、彼を好きな女子社員に睨まれてしまうから。

聞いてくれたことに対してお礼を言い、念のために注意事項を伝えておく。

「私が本当はこんな風だってこと、社内では秘密にしてね。弱いのがバレて、男性に強く迫られると困るし、女子社員に嫌われたくないから」

「それって、社内での態度は今まで通りで、俺とも仲良くしてくれないってこと？」

「う、うん……。たまたま会議室でふたりきりになったりしたら素顔でいられるけど、ほかの人のいる前では、ごめんね……」

申し訳ないけれど、そういうことになる。自分の身を守るためには、キツイ女を演じ続けるしかないから。

私の話を真剣に聞いてくれた横山くんなら、それを理解して頷いてくれるものだと思っていた。しかし……。

横山くんは急に黙り込む。なにかを考え込んでいるような沈黙が続くので、不安になって後ろを振り向こうとした。するとその前に彼が話しだしたので、振り向くのをやめる。

「納得いかないな……。自分を偽り続けて、紗姫はつらくないの？」

私を心配しつつ、不満にも感じているような声。

「それは……」

前に、桃ちゃんにも似たようなことを言われた。『そのキャラ、いつまで続けるの？真逆な自分を演じるのって、しんどくない？』と、心配された。

つらくないとは言えない。男性を見下すような態度を取るたびに、『本当の私はこんな女じゃないのに』と悲しくなる。相手を傷つけてしまうことにも、常に申し訳なく思っている。苦しくて心が痛いから、高飛車女をやめられるものなら、やめたい。

ほかに身を守る手段を思いつけないから、続けているだけで……。

横山くんにそれを説明し、以前、大会議室で桃ちゃんにもこう言われたと話す。

『男が苦手な紗姫に、〝彼氏を作って守ってもらえば〟とは言えないしね。下手なアドバイスをした結果、失敗していじめに遭っても責任取れないし、変なこと言ってごめん』

桃ちゃんの言葉を伝えたのは、『だから私は高慢な女を貫くしかないのだ』と言いたかったから。それなのに、後ろで指先を弾く音が聞こえ、「それだ！」と大きな声で言われたものだから、驚いて肩をビクつかせた。

「浅倉のアイディア、いいじゃん！　ツンツンした態度で男を避けるより、『彼氏がいるから』と断るほうが自然だろ」

名案だとばかりに弾んだ声で言われても、私は「え……？」と戸惑うばかり。無理して高飛車女を続けるより、彼氏を作るほうが正しくて健全な男撃退法だと言いたいようだが、「無理だよ」と却下するしかない理由がふたつある。

ひとつ目は男性が怖いのに、どうやって彼氏を作れというのか。好きになった男性になら、触れられても大丈夫だと考えているのかもしれないが、好きになる前の段階で心が拒否してしまうのに。

ふたつ目は、高圧的な態度を取ることは、男除けのためだけではなく、女性に嫌われないようにするためでもあるということ。

今の私は、男性を見下す強い女として、社内の女性たちに一目置かれている。カッコいいと言ってもらえて、特に年下の女子社員からは憧れの視線を向けられている。自分を偽っているので、桃ちゃん以外の女子社員とは友人関係を築けないけれど、敵視されていないし嫌われていない。

それがもし、本当は弱い泣き虫な女だとバレてしまったら……。

そう思うと、横山くんの提案を受け入れることはできなかった。

しかし、彼も折れない。「それはないだろ」と私の考えを否定して、別の見方を教えてくれる。

「中学生のときに紗姫を仲間外れにした女の子だって、今は大人になってる。昔の過ちに気づいて、紗姫に謝りたいと思ったこともあるはずだよ」

「そ、そうかな……」

ユウたちを知らない横山くん。根拠なんてないはずなのに、なぜか彼の言葉が心の中に染み込んでくる。私が願っていることだからかもしれない。

ユウたちがそう思ってくれていたとしたら、どんなにいいだろう……それを想像しただけで、また少し、心の痛みが軽くなった気がした。

横山くんの前向きな言葉が気持ちいい。頑なな私のネガティブ思考が揺らぐのを感じつつ、彼の話に耳を澄ませた。

「俺たちはもうガキじゃない。分別のつく大人だよ。紗姫が男に構われていても、羨ましいと思うだけでいじめる女性はもういないよ」

「そう、かな……」

「そうだと信じて。いじめなんてバカな真似をすれば仕事に支障をきたすし、自分の評価を下げるだけだとわかるはず。大人なんだから」

「そう、かも……」

大人なんだから……その言葉にハッとさせられた。

私だって中高生の頃と今とでは、考え方が違う。かつて私につらく当たった女子たちも今は大人で、子供みたいな反応はしないはず。

ということは、私……社会人になって五年も無駄に頑張ってしまったのだろうか？普通にしていても、女性に嫌われたりしなかったのだろうか？

横山くんの言葉に、心が揺さぶられていた。暗いトンネルのずっと先のほうに、明るい小さな出口がポッカリと見えたような気がしていた。キャップを外した緑茶のペットボトルが手から滑り落ちそうになり、慌てて握り直してキャップを閉める。

そんな私の後ろでパンと膝を叩く音がして、「よし、解決策が見えた」と明るく頼もしい声がした。

「わかってくれたなら、これからは社内で自分を偽らないで。紗姫がつらいだけで意味ないよ」

「う、うん……でも、女子社員に対してはそれでいいかもしれないけど、やっぱり男性が……」

たとえ女子社員に嫌われなくても、迫ってくる男性たちをどう撃退していいのかわからない。弱い私の素顔を見たら、きっと男性たちはアプローチをなかなか諦めてくれないと思う。

考えただけで出社するのが嫌になりそうで、小さなため息を漏らした。すると背中で、クスリと笑う声が聞こえる。

「俺が男除けになるから大丈夫。彼氏として、紗姫を守る」

「ええっ!? ちょっと待って、私は……」

「わかってるよ、紗姫の気持ちが俺にないということは。だから〝偽の彼氏〟でいい。俺を利用して、まずは男に慣れよう」

その力強い声には、必死さも少し混ざっているように感じる。

横山くんの話はこうだった。

しばらくの間、偽の彼氏として私のそばにいてくれる。そうすれば男性社員は私に迫ってくることはないからと。

そして偽の彼氏をしてくれている間に、私は男性恐怖症を克服する。男性が怖くなくなれば、好きな人もできるかもしれない。

そこまでいけば横山くんの役目は終わりで、私は本当に好きになった男性と付き合い、以降、その人に男除けになってもらう……そんな計画だった。

突拍子《とっぴょうし》もないことを言いだした彼に、私は戸惑うばかり。それだと、横山くんの気持ちを利用することになるし、男性恐怖症がいつ治るかもわからないのに、その間、ずっと偽の彼氏役なんてさせられない。

頷くことのできない私は、どうやって断ろうかと考え始めたのだが、たたみかけるように説得される。

「治さないと、この先ずっとつらい思いをするよ。来年の長野出張の同行者は、俺じゃなくて須田さんだよ。また副工場長に絡まれても、俺は守ってあげられない」

「うん。それはわかってるけど……」

「浅倉も含めて、紗姫と同年代の女性は普通の恋愛を楽しんでるよ。羨ましくないの？男性恐怖症を克服したら、紗姫も普通の恋愛ができるはずだよ」

「普通の恋愛……」

羨ましいと思ったときもある。桃ちゃんは大学時代からの彼氏と長年付き合っていて、たまに聞かせてくれる彼氏の話が楽しくて幸せそうで、私も桃ちゃんのようになりたいと感じた。恋愛もののテレビドラマも好きでよく観るし、恋に一生懸命なヒロインに憧れたりもする。

ただ、私には無理だろうと諦めていたけれど……こんな私にもできるのだろうか？　普通の恋愛が……。

明るい未来を思い描かせてくれた横山くんの言葉に、気づけば「やってみようかな」と呟いていた。言ってから最初の心配が頭をもたげ、慌てて横山くんに確認してみる。

「偽の彼氏の計画、もしかしたら長期になるかもしれないけど、いいの？　横山くんの気持ちを利用することになるし、私にしかメリットがないのに」

申し訳なく思って言うと、横山くんは強い口調でキッパリと返事をくれた。

「いい。俺を利用して」

「うん、わかった。じゃあ、よろしくお願いします……」

静かな深夜の古宿で、二時間ほど話し合って出た結論。

彼がどんな思いで『俺を利用して』と言ったのかが気になり、そっと振り向くと、こっち向きであぐらをかいて座っているから驚いた。

「あ、ずるい！　背中合わせって言ったのに」

「今、振り向いたばかりだよ」

ニヒヒといたずらっ子のように笑う横山くんの頬には、ほのかに赤みが差していた。

それから彼は、照れ臭そうに自分の頬を人差し指でかきながら言う。

「確かにずるいよな……。いろいろと偉そうなこと言ったけど、俺に利益があるほうに誘導したのは否めない」

「横山くんにも利益があるの？」

「偽の彼氏から、いつか本物の彼氏になれたらいいのにと考えてる。もちろん、この先、紗姫の気持ちが俺に向かなければ、スッパリ諦めるから安心して」

未来について話していた彼は、一度あぐらを組み直して、今度は過去についても触れる。

「これまでずっと意地悪に絡んでいて、ごめん。なんとか紗姫と話すきっかけが欲しくてさ……。でも、紗姫はずいぶん困ってたんだね。ほんと、ごめん」

急に声を落として反省し始めた彼に、私は慌てる。それを言うなら、私も謝らないと。彼を迷惑な人だと誤解して、ずいぶんと嫌な態度を取ってきたから。

しかし謝り損ねたのは、すぐに彼が続きを話しだしたから。

「今までの俺は、紗姫の容姿に惹かれる、その他大勢の男と同じだった。綺麗な子だなと入社したときから思ってて、性格はキツイけど浅倉の前では可愛く笑うから、少しでいいから俺にも笑いかけてくれないかと思ってた。ひと言で言うなら、憧れてたんだろうな……。でも本当の紗姫は、性格もすごく可愛かった。今、ハッキリと紗姫が好きだと自覚してる。長野出張に来られて本当によかったよ」

私をまっすぐに見つめ、照れ臭そうに頬を染めて話してくれた横山くん。

彼が私を好きだということが、嬉しいような、やっぱり困るような……。

男性恐怖症を治す間に、その気持ちに応えることができればベストだと思うけれど、正直言って自信がない。恋したことがないから……。

困り顔になった私を見て、横山くんは話を逸らした。

「紗姫、手を出して」

言われて右手を出すと、彼の右手も伸びてきて軽く握手をする。

「握手は平気なんだ。どこまでなら触れても大丈夫？　手首は？」

そう聞かれた後に握手が解かれ、そのまま手首を握られた。

これも大丈夫。突然つかまれるのは怖いけれど、こんな風に前置きしたうえで手首を握られるのは怖くない。でも、私の顔色を見ながら横山くんの手が、手首から少しずつ上に移動すると……肘の内側でギブアップした。

「ごめん……それ以上はちょっと……」

すぐに彼の手は離れていき、私は大きく息を吐き出す。

「まあ、東京に帰ってからだな。ゆっくり始めよう。今から練習すると、俺のほうがヤバイし。もう寝よう」

そう言われて、私は立ち上がり、布団の位置をギリギリまで障子側に寄せた。

「横山くんの布団も、襖にピッタリつけてもらえるかな」

そうすれば狭い部屋の中でも、一メートル以上の距離を置くことができるから。

「先が長そうだな……」

そんな独り言を言いながらも、彼は布団の位置をずらしてくれる。

男性を恐ろしいと感じるのは、仕方のないことだと思っていたけれど、今初めて治したいと思えている。

ふたつ並んだ布団のこの距離を、少しずつ縮めていけたら……。

恋愛指導が始まって

出張から帰って、休日明けの月曜の朝。七月上旬の青空の下、汗ばむような日差しを避けて日陰を歩き、十五分ほどで会社に着いた。

社屋に入ると、少し緊張する。今日から高圧的な態度をやめて、素顔のままでみんなと接する……それが横山くんとの約束で、今朝届いたメールにも【大丈夫だから、そのままの紗姫をみんなにも見せてあげて】と書かれていた。

見慣れた景色と社員の顔。いつもと同じタイムスケジュール。

なんの変哲もない社内に私だけが新鮮な気持ちで階段を上り、自分の部署へと続く二階の廊下を歩いていた。

ライフサイエンス事業部のドアが見えてきたとき、後ろから歩いてきた男性社員に追いつかれる。

「紗姫さん、おはよう」と声をかけてくれたのは、一年先輩の谷《たに》さん。谷さんは横山くんの取り巻きの中にいつもいる人で、過去に一度だけ私を食事に誘ったことがある。

「おはようございます」と会釈《えしゃく》をつけて挨拶を返し、その後に少しだけ微笑むと、彼は驚き戸惑っていた。

「なんか、いつもと感じが違うね」

そう言われた途端に顔が赤くなるのを自覚する。挨拶しただけなのに、そんなに違って見えるのだろうか？

ツンツンした態度を取らなくていいのは、心が楽。でも、そういう反応をされると、恥ずかしくなる。それで、赤い顔を隠すようにうつむいて「そうですか……」と曖昧に答えた後、逃げるように部署内に足を踏み入れた。

始業の十五分前のこの時間、フロアの一ヶ所だけが賑やかに盛り上がっていた。それはもちろん横山くんの席で、私より先に出社していた彼は集まってきた仲間たちに、長野出張のお土産を配っていた。

いつものように、みんなの輪の中で明るく笑う彼。

それをチラチラと気にしながら自分の席にショルダーバッグを置くと、「紗姫、こっち来て！」と大きな声で呼ばれた。彼を囲む人たちの視線が一斉に私に向くから、ビクリと肩を揺らしてしまう。

きっとみんなは、呼ばれても私が無視すると思っているだろう。

明らかに仕事の用事じゃないとわかるときには、今までの私なら一瞥《いちべつ》するだけで動かなかった。でも今は、素直に横山くんのほうに歩きだす。

鼓動が二割増しで速度を上げ、緊張しているのは、いつもと違う私の反応にみんなが驚いているのが伝わってくるから。それともうひとつ、これからみんなの前で、横山くんが交際宣言するつもりでいることを知っているからだ。

確かに横山くんが彼氏役をしてくれたら、ほかの男性たちは私にアプローチしてこない気がする。彼は人気も実力も兼ね備えた、うちの社のホープ。勝ち目はないと思うだろうし、敵対したくもないはずだから。

緊張と恥ずかしさに顔を赤くしながら、みんなの輪の後ろで足を止めた。

すると輪の中心にいる横山くんが、私に向けて右手を差し出す。手を取って、というように……。

戸惑っているのは、怖いからではない。男性と握手することくらいは平常心に近い状態でできるし、横山くんの手は温かくて優しいから、特に平気。それでもすぐに彼の手を取ることができないのは、その後のみんなの反応を想像して、すでに恥ずかしさがピークに達しているせいだ。

「お、おい、遼介」と彼を止めようとするのは、さっき廊下で挨拶した谷さん。私の変化に気づいていた谷さんでも、まさか横山くんの手を私が取るとは思うまい。

谷さんの言葉を笑顔ひとつでスルーした横山くんは、「紗姫」と優しい声で私に行動を促した。

戸惑う私は胸元で、右手を左手で握りしめていた。その手を外して、そっと腕を伸ばし、差し出された横山くんの手に自分の右手を乗せた。

重ねた手はギュッと握りしめられ、その上にみんなの視線が降ってくる。

恥ずかしくて逃げたい……そう感じた次の瞬間、繋いだ手に力が込められ、あっと思ったときには、彼の目の前まで一気に引き寄せられていた。

取り巻きの人たちが、天変地異でも起きたような顔をして「え？」「どういうこと？」と、口々に驚きを込めた疑問の声を口にする。

真っ赤な顔でうつむく私。

その正面で、横山くんが手を離さないまま、よく通る声でハッキリと言った。

「紗姫は俺の彼女だから。よろしく」

フロア全体が一瞬シンと静まり返り、その直後に叫び声に近い驚きの声が周囲から上がった。

ああ……恥ずかしすぎて、机の下にもぐり込みたい気分……。

目線はずっと横山くんの長い足の間を抜けて、その後ろの机の下に向いていた。でも本当にもぐり込むわけにいかず、私は羞恥《しゅうち》の中で質問攻撃に耐えるしかなかった。

「え、本当に？　いつから？　今回の出張の間で付き合うことになったってこと？」

「う、うん……」

「どっちから告ったの？　まさか紗姫さんから？」

「それは、ええと……」

私からは告白していないが、横山くんからだというのもなにか違う気がする。言うなら、私の秘密がバレたために、横山くんが彼氏役を買って出てくれた……そんな説明だろうか。

依然、真っ赤な顔のままで返事に困っていたら、「しおらしくなっちゃって、マジでなにがあったの？　遼介が紗姫さんの性格まで変えたの？」と、さらに答えにくい質問をされた。

すると困り果てる私を助けるかのように、彼が「俺からだよ」と答えてくれる。

「横山くん」と感謝を込めて呼びかけたら、まだ私の手を握ったままの彼に、ニッコリ笑って優しく叱られる。

「こら、呼び方間違えてるよ。俺の名前はなに？」

「りょ、遼介くん……」

出張からの帰り道、新幹線の中で下の名前で呼び合うことも約束させられた。偽者だからこそ、恋人らしく振る舞う必要があるのだと説得されて。それで土曜日は『遼介くん』と呼ぶよう努力していたのだが、日曜を挟んで、つい呼び方がもとに戻ってしまった。

これは慣れるまでに、時間がかかりそう……。

遼介くんは私が答えられない質問に、代わって答えてくれた。私の性格の変化については、今までは強がっていただけだと説明してくれて、応答の中にさりげなく注意事項も織り交ぜてくれたりする。

「俺の彼女だから、男は紗姫にちょっかい出さないでね。半径一メートル以内に入らないように」

私を守るその言葉は、単なる独占欲だと受け取られ、冷やかされたり羨ましがられたり、からかわれたりと、明るい笑い声に包まれていた。

男性社員に関してはそんな感じだけど……チクチク刺さるような視線を感じてそっと斜め後ろを振り向くと、いつの間にか輪から外れた女子社員四人が後ろのほうに固まって、ヒソヒソとなにかを話していた。

会話の内容は聞こえないが、嫉妬のこもる視線を向けられては、なにを話しているのか容易に想像できる。

長野の宿で遼介くんは、みんな大人だから大丈夫だと言った。素顔の私が男性たちに構われても、女子社員に嫌われたりしないよと……。

その説が早くも崩れそうな気配を感じ、心の中に動揺が広がる。女子に嫌われたくない……過去に戻りたくない……そんな思いで繋いでいる手を離したら、すぐに捕まえられて、しっかりと繋ぎ直された。

離してくれない手から彼の顔に視線を移すと、少し垂れ目の双眼が『大丈夫だよ』と私に語りかけていた。時刻は始業の五分前。そろそろお開きにしないといけない時間で、遼介くんが集まっているみんなに向けて、締めの言葉を口にした。

「そういうわけで、俺たちのことを温かく見守ってくれたら嬉しい。それと、最後にひとつ言わせて。ガキの頃にさ、俺の彼女になったためにほかの女の子に意地悪されちゃった子がいたんだよね。俺、そういうことする子は軽蔑するけど、うちの社にそんな嫌な子はいないから、よかったな〜」

私の斜め後ろを見ながら、ニッコリ笑って言った遼介くん。ヒソヒソ話している女子社員に釘を刺してくれたようだけど……。

恐る恐る後ろを振り向くと、作り笑顔の彼女たちに口々に言われた。

「私たちはそんなことしないから、安心してね」

「そうそう。ビッグカップル誕生で、よかったねーって今、みんなで話してたところ」

そんな風には見えなかったけど……。

言い訳した後に彼女たちは、「しょうがないから遼介は諦めるか」「どこかにいい人いないかな」と、意外とサッパリした顔で言い、それぞれ自分の席へと戻っていった。

男性社員も始業の準備に入るために、私たちから離れていく。

囲いがなくなると繋いでいた手がやっと外され、ズボンのポケットに手を突っ込んだ彼が、私だけに笑顔を向ける。

「な、大丈夫だろ？　みんな、いい奴だよな。女の子も俺たちを応援してくれるって」

それは遼介くんの発言のおかげで……。

遼介くんの彼女の座を狙っている女子社員からすれば、彼に嫌われることが一番の痛手。私に嫉妬心をぶつけるよりも、軽蔑されないほうを選ぶのは当たり前だ。

そのことをわかって言ったのか、そうじゃないのかは彼の表情から読み取れない。

それでも、また守られたことは確かで、感謝とモヤモヤする気持ちを抱えながら、彼から離れて私も自分の席へ戻ろうとした。すると通路の途中で、今出社してきたばかりの桃ちゃんと鉢合わせる。

「遅刻するかと思った」と額の汗をハンカチで拭う彼女は、複雑な表情を浮かべる私に首を傾げる。

「どした？」

「うん、ちょっと、お昼休みに相談したいことが……」

遼介くんとの出張でのやり取りや交際については、日曜日に電話で報告済み。

桃ちゃんは前々から彼の気持ちを知っていたそうで、さほど驚きもせず、『遼介、やるじゃん』と言っただけだった。

なので、相談したいこととはそれではなく、今ふと疑問に思ったことについて。

遼介くんて、一体……。

彼の周囲にいると、みんな善人に変えられてしまいそう。長野出張で、初対面の人と異様に早く打ち解けられると知っていたが、相手の悪意を消してしまうことも、彼の特殊能力のひとつなのだろうか？

遼介くんのことを、もっと知りたい。桃ちゃんなら、私より仲がいいからわかるはずだよね……。

午前中の仕事は特に変わったこともなく終わり、お昼休みに社屋を抜けた私は徒歩五分の場所にある、うどん屋に来ていた。

チェーン展開しているこのうどん屋は、広くて小綺麗で、ファミレスみたいなボックス席があるので使いやすい。四人掛けのボックス席に桃ちゃんと向かい合って座り、十二種類の野菜の入ったサラダうどんを食べながら、今朝の話をしていた。

私が遼介くんのふたつ目の特殊能力についての疑問を話すと、「あー、なんとなくわかるわ」と桃ちゃんが同意する。桃ちゃんいわく、彼にはそういうところがときどき見受けられるらしい。

仲のいい人だけで集まると、愚痴《ぐち》り合いが始まることがある。それが飲みの席ならなおのこと、気に入らない人の悪口で盛り上がったりするのがセオリー。

しかし、その集まりの場に遼介くんがいると、なぜかそうならないらしい。みんな、毒気を抜かれたようにいい人になり、愚痴も悪口も忘れてしまうというのだ。

桃ちゃんはサラダうどんの中の、苦手なセロリを私の皿に移しながら言葉を続ける。

「紗姫に言われて気づいた。今まで遼介のこと、性善説まっしぐらなタイプかと思ってたけど違うかも。みんながいい人でいられるように、あいつが言葉巧みに場の雰囲気を調整していたのかも」

社内の飲み会を避けてきた私なので、桃ちゃんの言葉を体験と結びつけることができず、難しく感じる。それでもなんとか理解しようと、飲み会の風景を想像していた。

箸が止まった私に対し、桃ちゃんはツルツルとうどんを啜って飲み込み、自分の意見に納得してうんうんと頷いている。

「ということは、私も遼介のこと、よくわかってなかったということか。もっと単純な奴かと思ってたのに、人の悪意とか先読みして、回避して生きてきたのかも」

「ごめん……まだよくわからない」

「そんなに難しく考えなくていいよ。あいつも紗姫と同じで異常にモテるから、今まで嫌なこともいっぱいあったんじゃない？　そこから学んだ処世術が、今の遼介を作ったということじゃないかな」

そっか……。

遼介くんの過去の物語は、私のものより登場人物が多そうな気もするし、口には出さなくてもいろいろと大変なことがあったのかもしれない。明るい笑顔の裏にある苦労。それがあって、高い対人スキルを身につけたということか。

似たような経験をしていたのなら、今の私と彼がこんなにも違う理由は一体なんなんだろう？　器用さの違いかな。私、自分が思うより、不器用なのかも……。

考え込んでいたら、食べるペースがかなり遅くなっていた。桃ちゃんのうどんの残量と比較して、急いで箸を動かしていたら、彼女にニヤニヤしながらからかわれる。

「遼介のこと、そんなに知りたい？　本気で好きになれば、もっといろんなことが見えてくるかもよ。案外アッサリ男性恐怖症が治るかもしれないし、いいんじゃない？」

そうなれば遼介くんの気持ちにも応えられるから、ベストだと思うけれど、今は恋心を抱ける自信がない。ただ、彼のことをもっと知りたいと思うようになったのは確かで、それは今までの私にはなかった感情だ。

うどんを食べ始めて十分ほど経ったとき、テーブルの上で私のスマホが震えた。それは遼介くんからで、通話に出ると、開口一番に「どこの店にいる？」と聞かれた。

「近くのうどん屋さんだよ」

「俺も行く。待ってて」

「え？　でも遼介くんは社食じゃ……あ」

切られてしまった。

彼は大抵、社員食堂で食べている。たまにコンビニ弁当の日もあるようだけど、私たちのように外の店で食べることは少ない気がする。

それなのに、なぜ来るというのだろう。付き合っていたら、一緒にお昼を食べないといけないものなのか。

恋愛経験ゼロの私なので、そういうものなのかと桃ちゃんに真顔で聞くと、プッと噴き出された。

「決まりはないけど、遼介が紗姫と一緒にいたいからでしょ。かわいそうだから、なんで来たの？とか言わないでやってね」

「そっか……わかった」

私が頷いた後に「気持ちにかなりの温度差があるね」とも言われる。

申し訳ないが、それは許してほしい。遼介くんは本物の彼氏ではないのだから。

遼介くんは、すぐにうどん屋にやってきた。冷やしたぬきうどんにトッピングの揚げ物系を五種類もつけて、トレーを片手に笑顔でこっちに来る。

四人掛けのボックス席に私と彼が並んで座り、桃ちゃんの隣は荷物置き場となった。

出張前だったら、遼介くんの座る場所は、間違いなく桃ちゃんの隣だったことだろう。それが今は当たり前のように私の隣に座られたので、慣れない私は戸惑っていた。

このシートは小さめなので、太ももがくっつきそうなのも気になるところ。

そんな私の気持ちに気づかず、彼はうどんを食べながら、「浅倉にまだ言ってなかったな。俺たち付き合ってるから、よろしく」と、笑顔で報告していた。

それに対して桃ちゃんは淡々とした口調で、「おめでとう。よかったね、偽の彼氏くん」と返している。

「あ、全部知ってんのか。偽者なのは、ほかの奴には内緒ね」

「口止め料として、ユウヒ化生《かせい》との共同プロジェクトのレビュー、やっといて」

癒し系の顔立ちに似合わない悪そうな表情の桃ちゃんに対し、遼介くんは「おわっ！」と大げさに驚いてみせてから、苦笑いして文句をつけ足す。

「俺が激務なのを知ってて、仕事押しつける気か。まあ、それやりたいと思ってたから、いいけど」

すでに食べ終えている桃ちゃんは、頬杖をつきながら会話を楽しんでいる。

私はもう少しで食べ終えるところで、箸を動かしながらふたりの会話を黙って聞いていた。

ポンポンと交わされるテンポのよい会話で、入社から五年以上経つふたりの友情を感じられて、なんだか羨ましい。男性が怖くなかったら、私も桃ちゃんのように、彼と友達になれていたのだろうか？

友達という言葉に、特別な響きを感じる私。男友達なんて今までは考えられなかったけど、遼介くんとなら……。そんな憧れにも似た気持ちが芽生え、ふたりの軽妙なやり取りの中でポツリと呟いた。

「私も遼介くんと、友達になりたい……」

会話を楽しんでいたふたりが同時に口を閉じて、私に視線を向ける。桃ちゃんには呆れたような目で見られ、遼介くんには眉間に皺を寄せられた。

それでも自分の犯したミスにまだ気づけず、ふたりを交互に見て首を傾げると、彼が完食間近の皿の上にため息を落としてから、私の手を握ってきた。

「偽者でも、俺は一応、紗姫の彼氏ね。わかってる?」

確認を求めるその目には、仕事に向き合うときのような自信が見られず、不安げな印象さえ受ける。

「うん」

「恋人って、友達より距離が近くて関係としては上だと思うんだけど」

「そうなんだ」

遼介くんが困ったような顔をして「紗姫って、天然?」と聞くから、桃ちゃんが向かいの席で噴き出した。

「紗姫は天然じゃないよ。恋を知らないだけ。男に慣れる練習だけじゃなく、恋の仕方も教えてあげて」

「それができればお互いにとってベストだけど、難しいな……」

他人との間に高い壁を築いていた私が、『友達になりたい』と思うなんて、最上級に気を許している証拠。それがふたりに伝わらないのは残念だけど、それでも嬉しく思っていた。この三人での会話が、すごく楽しくて……。


その日の仕事終わり、出張報告書をまとめていたために定時で上がれず、退勤ボタンを押して席を立ったのは十九時頃だった。

部署内を見回すと、まだ十人ほど残業中の社員がいる。その中に、遼介くんの姿もあった。

一応声をかけてから帰ったほうがいいかと思い、ほかの社員の注目を浴びないように、こっそり彼に近づいた。

「お疲れ様、先に帰るね」

わざわざ小声で言ったのに、「俺もあと少しで終わるから、一緒に帰ろ」と大きな声で言われる。

遼介くんは恥ずかしくないのかな？　恥ずかしくないのだろうね、きっと。そんなことを聞けば、なぜそう思うのかと逆に質問されそうなので、社食で待つことを伝えてその場から逃げ出した。

一階に下り、玄関に向かう社員と逆行して社食に入る。

この時間、営業はしていないが、ドアは解放されているので、ここで休憩することができる。もっとも、休憩するより早く帰りたいから、夜に利用する社員はいないと思うけれど。

自動販売機で冷たいレモンティーを買い、誰もいない社食の入口近くのテーブル席に座った。スマホで料理のレシピを検索して、自宅の冷蔵庫内にある食材を思い浮かべ、夕食はなににしようかと考え中。

すると誰かの足音が、廊下のほうからこっちに近づいてくるのに気づき、視線をスマホから入口に向けた。まだふた口しかレモンティーを飲んでいないのに、遼介くんがもう仕事を終わらせて来たのだろうかと予想していた。

しかし現れたのは女性で、遼介くんの前の彼女……総務部の長谷川さんだった。驚く私と違い、彼女は現れた時点で睨むようにこっちを見ているから、ここに来たのは偶然ではないのだろう。

私に用事があるような彼女に、いい予感がしない。遼介くんと私の交際の噂は、もう他部署にも広がっているのだろうか？　きっとそうだと、そのスピードに驚くと同時に、背中に冷や汗が流れていた。

長谷川さんは、コツコツとパンプスのヒールを鳴らして近づいてきて、私の真横で立ち止まった。私より小柄で入社年数も四年下の彼女だが、敵意のこもる視線で見下ろされて、肩をビクつかせる。

「横山さんに質問があるんですけど、いいですか?」

「はい……」

「遼介くんの今の彼女があなただという噂は、本当ですか?」

「はい……」

頭に描いてしまうのは、罵《のの し》られる展開。中学時代のユウたちのように、『横取りしないで』と言われる気がして怖くなり、身構えた。

しかし長谷川さんは、睨むだけで黙ったまま。しばらく無言の状態が続いて、彼女はそのままなにも言わずに背を向け、社食から出ていった。

廊下に響くパンプスの音から強いイラ立ちを感じ取れるのに、感情をぶつけてこないなんて……。てっきり罵られると思っていたから、拍子抜けしてしまった。

そこに、今度は遼介くんが現れた。

「お待たせ。ん?　ポカンとしてどうしたの?」

「あ……ううん、なんでもない」

長谷川さんのことを言うのはためらわれた。実害がないのに、告げ口するような真似はしたくない。それに長谷川さんに対して、申し訳なさを感じている。

振られても、遼介くんのことがまだ好きなのだろう。彼女は本気で彼を想っているのに、恋心を抱けずにいる私が付き合っているなんて。ひどいことをしている気分だ。

長谷川さんのことを考えていると悟られないように、残りのレモンティーを飲み干してバッグを手に立ち上がる。並んで社屋から出たところで、そういえば遼介くんの家はどこだろうと思い、足を止めた。

『一緒に帰る』といっても、私の家は徒歩十五分の場所。うちの社は基本、車通勤が不可なので、彼は多分、電車通勤だと思うけれど……。

一緒に帰るのは、駅までの五分ほどの道のりなのかと聞いてみたら、私の手を取って歩きだした彼に笑顔で言われた。

「違うよ、紗姫の家まで」

「送ってくれるの？」

「うん。それで紗姫の家で一緒に夕食を食べてから、男に慣れるための練習をする」

そんな計画は聞いていない。家に入る気でいることに驚いて目を丸くしていると、

「俺の家でもいいよ」と言われた。

二択しかないのなら、少しでも安心できる自分の家がいい。でも、できれば家に上がってほしくないというか、怖いと感じ始めているのだけれど……。

私の怯えに気づいた遼介くんは、手を離してくれて、それから優しい声で言う。

「襲ったりしないから不安にならないで。少しでも長く一緒にいないと、男に慣れないだろ」

「う、うん。でも練習って……」

「そうだな。手は繋げるみたいだし、体を寄せ合って一緒にDVDを観るのはどう？頑張ろうよ、紗姫」

体を寄せ合って……私にできるだろうかという不安は拭えないが、まっすぐな彼の目と励ましに応えなければいけない。

駅前のレンタルビデオ店に寄ってDVDを一本借りてから、私の自宅に向かう。十階建てのマンションの五階に上がり、鍵を開けて「どうぞ」と、彼を中に招いた。

「いい香りがする」

玄関先でそう言われたのは、ポプリを置いているせいだと思う。

備え付けの白いシューズロッカーの上に手製のポプリを入れたガラス鉢を置き、アロマオイルを垂らしてあるので、爽やかな香りを楽しめる。

そう説明をしながら短い廊下を通ってリビングに入り、電気をつけると、彼は緑の多さに驚いていた。

「へぇ、ガーデニングやってるんだ。そういえば、大会議室にも花を飾ってたもんな」

次のデート場所に植物園を提案され、一応交際しているのだから、休日はデートをするものなのかと理解して私は頷く。それからエプロンをつけて、冷蔵庫を開けた。

昨日買い物したばかりだから、食材は冷蔵庫に充分に入っている。

人に振る舞えるほどの料理の腕はないけれど、簡単な夕食を作ると言ったら、彼はすごく喜んでくれた。

「なに作るの？　俺も手伝う」

スーツのジャケットを脱いだワイシャツ姿の彼は、ネクタイを片手で緩め、ワイシャツの袖をまくり上げながらそう言った。

今日は炒飯《チャーハン》と水餃子《すいぎょうざ》とサラダにする。もう二十時近いので、早く作れる物がいいと考えての簡単メニューだ。

「よっしゃ」と声をあげ、遼介くんは玉ねぎのみじん切りを始めた。

その腕前は早くて綺麗で、なんでも器用にこなす人だなと感心しつつ、私は水餃子用のお湯を沸かし、サラダのレタスをちぎっていた。

これでは私がただの手伝いで、遼介くんに作ってもらっているみたい……そう感じていたら、フライパンで調理する過程は任された。「紗姫の味付けの炒飯が食べたい」と、笑顔で言われて。

グツグツと茹《ゆ》でられる水餃子に、色鮮やかなグリーンサラダ。それと、フライパンから立ちのぼる香ばしい醤油《しょうゆ》の香り。

私の口元には、自然と笑みが浮かんでいた。

「こういうのって初めて。楽しいね」

この部屋に遊びに来てくれたことのある桃ちゃんとだって、並んでキッチンに立ったことはなく、新鮮で心が弾むのを感じていた。

笑顔を向ける私に、彼はホッとしたように頬を緩める。

「俺のこと、怖くない？」

「うん、大丈夫。今は」

「今は……か。まあ、家に上がらせてくれただけでもかなりの前進だし、喜んでおこうかな」

多めに作った炒飯は、「すげー美味《うま》い！」と大げさに褒めてくれる彼の胃袋に、瞬く間に消えていった。

彼の皿には二人前くらいの量があったのに、気持ちいいほどの食欲。

ふたり用のダイニングテーブルに向かい合って夕食を楽しみながら、不思議な気持ちになっていた。

長野出張はたった二、三日前のことで、それ以前の私は近づこうとする遼介くんを拒んでいた。それなのに今、私の家で一緒に料理を作って食べて、この状況を心から楽しんでいるのだから……。

食後の片づけも一緒にやってくれて、私がエプロンを外すと、「さて」と彼は言った。

「借りてきたDVD、観ようか」

「う、うん……」

穏やかな楽しい時間はもう終わりで、私はゴクリと唾を飲み込む。

ただDVDを観るだけなら、こんなに緊張しないけれど、これは男性に慣れるための練習で『体を寄せ合って』と言われている。心臓がたちまち激しく動き始め、不安が心を支配し始めた。

テレビの前には、ガラスの天板のローテーブルと、白い布張りのふたり掛けのソファがある。遼介くんはDVDのセッティングを終えてリモコン片手にソファに座ると、優しい声で私を呼んだ。

「紗姫」

怖いと感じてしまいそうで落ち着かないが、彼のほうにゆっくりと足を踏み出す。

帰り道で、頑張ろうと励まされたことを思い出していた。彼がここに来た目的は、この私のための練習。偽の彼氏役をやってくれているのも、私のためなのだからと言い聞かせ、逃げずにソファに腰を下ろした。

再生されたＤＶＤは、九十分のアニメーションの洋画。気軽に笑って観られるようにと、彼が選んでくれたものだった。

恐怖心を煽《あお》るホラーはもってのほかだし、ラブストーリーは好きだけど、今はダメ。横に男性がいることを過剰に意識しそうだから。なのでコメディアニメに異存はないが、ストーリーを頭に入れる余裕があるかどうかは、自信がない……。

ふたり掛けのソファの端っこギリギリに座ったのに、ＤＶＤの再生後に遼介くんがお尻の位置を私のほうへずらしてきた。

太ももと腕が……。

私の体の右側面と彼の左側面が接触した途端に、モヤモヤした不安が濃くなり、恐ろしさへと変わり始めていた。

どうしよう……やっぱり無理かも。

「りょ、遼介くん、私……」

「わかってる。震えてるね。でも九十分、耐えて。俺はこれ以上なにもしないと信じて、なるべく映画に集中して」

遼介くんのことは、信じているつもり。それでも条件反射で体が震えてしまうのだ。視線をテレビに向けていても、触れ合う腕や太ももから意識を離せない。頭の中に勝手に浮かんでくるのは、つらい学生時代に私に迫ってきた男子たちの顔。

遼介くんと彼らを一緒にしたくないのに、どうしても怖くて……。

そんなつらい状態が数分続いたが、膨らんだ恐怖は勢いを失い、急速にしぼみ始めた。それは彼が隣で、声をあげて笑っているせいだ。

このアニメ、そんなに面白いのかな?

楽しそうな彼に誘われるように、私の気持ちもやっとテレビに向く。

主人公はロボットのロボタン。冒頭部分を見逃したが、どうやら人間になりたいロボタンが、神様に与えられた試練をひとつずつクリアしていく物語みたい。ロボタンはかなりドジで、確かに笑いのポイントはたくさんあった。

ひとりで爆笑している遼介くんの肩が揺れるたびに、私たちの腕と腕がこすれるように強く触れ合うが、もう怖いと思わなかった。緩めたネクタイに、ふたつ外された白いワイシャツのボタン。彼の襟元から甘い香水の香りが微かに漂っていても、頭の隅でいい匂いだと感じるだけで、近すぎるこの距離を過度に意識せずにいられた。

その状態で九十分の物語が終わり、時刻は二十二時半になっていた。

リモコンでテレビを消した彼が、笑顔で私に話しかける。

「面白かったな。コメディにして正解だっ……紗姫、泣いてんの⁉」

目を見開いて驚いてから、慌てる彼。

黒一色の画面を見つめたまま、私の両目からは涙がポロポロとこぼれ落ちていた。

その理由を男性恐怖症からのものだと勘違いした彼が「つらかった？　ごめ――」と謝りかけたので、ポケットから出したハンカチで目元を押さえながら首を横に振った。

「違う。一生懸命なロボタンが健気《けなげ》で、感動して……」

「え？」

失敗ばかりの不器用なロボタンは、神様に与えられた試練をクリアしても、結局人間にはなれなかった。でも冒険を通してたくさんの友達ができて、人間よりも人間らしい豊かな感情を手に入れることができた。

最後は人間の子供たちから、『ロボタンみたいになりたい』と言われるヒーローになっていて……ロボタンに勇気づけられた気分で、私も頑張らなければと思うようになっていた。

男性恐怖症を克服して、明るく前向きな人生を歩みたい。普通の恋愛もしてみたいし、もっと友達も欲しい。保守的だった今までの自分の殻を破りたい。

泣きながらロボタンへの感想と、男性恐怖症克服への決意を表明すると、彼のクスリと笑う声が耳元で聞こえた。

「まさか、コメディアニメで泣くとは思わなかった」

「ごめん……私、大人になっても泣き虫で」

「感受性豊かなのはいいことだよ。素直で可愛い。それと、気づいてる？　俺、今かなり接近してるけど、震えてないね」

言われて気づいたのは、彼に肩を抱かれているということ。ハンカチを顔から離して横を見ると、三十センチもない至近距離に端整な顔があり、さっきよりもハッキリと香水の香りも感じられた。

ハッとして涙は引っ込み、体が勝手に固くなる。

すると彼が私を離さないまま、慌てて言った。

「意識したらダメ。力を抜いてリラックスして。長時間この体勢で平気だったんだから、これからも大丈夫だと信じて」

そう言われても……。

緊張を解こうと試みても、やはり力は抜けることなく、肩に回される筋肉質の腕やピッタリくっついている体の右側面に意識が向いてしまう。

ついには、小刻みに体が震えだし、遼介くんはため息をついて体を離してくれた。

「やっぱ、まだ無理か……」

気落ちした声に、残念そうな顔。

「ごめんね」

「謝らなくていいよ。急に治るわけないと思ってたし。九十分間平気だったという成果もあるから自信を持って。成功体験を積み重ねれば、きっと治るよ」

励ましてくれる彼は、腕時計に視線を落としてから立ち上がった。「次はもっと有効な方法を考えておくから」と言って、スーツのジャケットを羽織り、鞄を手に持つ。

帰ろうとしている彼を玄関まで見送ると、真顔の彼に「じっとしていて」と言われた。ゆっくりと彼の右手が私の頭に伸びてきて……。

ピクリと体を動かし、目をギュッとつぶってしまったが、逃げようという気持ちは湧かなかった。頭の上に温かい大きな手の平を感じ、その後に優しくポンポンと叩かれ、離れていった。つぶっていた目を開くと、嬉しそうな顔の彼と目が合う。

「どう?」

「怖くなかった……」

「ほらね、進歩してるよ。前は無理だったもんな」

進歩を実感させてくれた彼は「また明日」と言って、玄関を出ていった。

パタンと閉まったドアの前で、そっと自分の頭に手を触れた。平気だったことに少し驚き、心臓がトクトクと温かなリズムを刻み始める。

嬉しい気持ちでリビングに戻ると、まずはキッチンのカゴの中の、洗い終えたふたり分の食器が目に入った。それから、消されたテレビと空のソファに目が行き、いつも通りの自分の部屋なのに、いつもより広く静かに感じていた。

遼介くんが家に来ると聞いたとき、それは困ると思ったが、今は……帰ったことが少し寂しい。彼が座っていたソファの場所に腰掛けて、スマホを手に取った。画面に表示したのは私と同じ名字で、短いメールを書いて送信する。

【今日はありがとう。また来てね】

そのままソファに倒れ込む。

小花柄のクッションに顔をうずめると、ほのかに甘い、彼の香りがした。

抱きたくても

あれから二ヶ月ほどが過ぎた九月中旬、夏が終わり、そろそろ涼しくなってきた。

無理に自分を演じる必要がなくなった私は、肩の力を抜いて仕事することができている。

最初は私の変わりように驚いていた人たちも、二ヶ月も経てば慣れた様子で、普通に接してくれる。

まだ男性は怖いけれど、遼介くんという盾があるから大丈夫。素顔を見せても交際を求められることはないし、女子社員たちも意地悪してこなかった。

こうして心穏やかに過ごせるのは、遼介くんのおかげにほかならない。感謝の尽きない毎日なのだけど……。

大会議室の花瓶に飾られているのは、秋の花。

十五時過ぎに部署を抜け出した私が、こっそりここに来た目的は、桃ちゃんとの楽しい休憩タイムのためだった。

それなのに今、桃ちゃんを完全に見物人にして、私だけが厳しい指導を受けている。

そう、男性に慣れるための、遼介くんの指導を……。

壁に背を預けて立つ私の顔の左右には、二本の腕。その腕は壁に突き立てられていて、いわゆる壁ドンと呼ばれる状況で、私は彼と見つめ合っているのだ。

「そろそろ、苦しくなってきた……」

そんな弱音を口にしたが、「まだいけるよ。あと三十秒頑張って」と励まされただけで、解放してくれない。

耳元で鳴っているかのような、速くて大きな自分の心音がうるさい。背中には冷や汗が流れ、甘口の双眼に色気を感じるたびに、手が小刻みに震えていた。まだまだ男性を恐れてしまう私だけど、これでもずいぶんとマシになったと思っている。

遼介くんが偽の彼氏役を引き受けてくれたのは、七月上旬のこと。それから二ヶ月と少し、彼は優しい言葉で結構厳しく私を特訓してくれた。

ある休日は、腰に腕を回して体を密着させた状態での植物園デート。汗びっしょりになったのは、暑い日差しのせいではなく、冷や汗が流れるせいだった。

またある日の会社帰りには、私の家でオイルマッサージ。あれは不思議な感覚だった。ノースリーブのシャツに着替えて露出した私の腕を、指先から肩まで彼がマッサージしてくれて……気持ちいいのに苦しくて、強い緊張状態の中に快感と、ふとリラックスしそうになる瞬間もあり。オイルマッサージは、触られることへの恐怖心をかなり和らげてくれたように思う。

私のために、それを施してくれた遼介くんには心の底から感謝している。

でも……腕以外の場所のマッサージを提案されても頷けず、『頑張ろう』と言ってくれる彼と、『そんなことされたら死んじゃう』と主張する私の間で、この前言い争いをしてしまった。

そんな風に彼の厳しい特訓を受けた結果、こうして壁ドンされても数分は持ちこたえられるまでに進歩したのだ。

あと三十秒と言われてから、その三倍ほどの時間が過ぎ、やっと私を囲う腕が外された。

長距離走をした後のような荒い呼吸を繰り返す私を、遼介くんは涼しい顔で眺めている。額に浮かんだ玉のような汗をハンカチで拭いて、やっと呼吸を落ち着かせたら、遼介くんは腕時計をチラリと見てからニッコリ笑って言った。

「じゃあ次は、俺に抱きしめられてみようか」

まだ、やるの……？

大会議室には休憩しに来たのであって、特訓しに来たわけじゃない。桃ちゃんとのおしゃべりを楽しもうと思ったら、彼が後からやってきて、急遽《きゅうきょ》、練習時間となったのだ。

頑張って男性恐怖症を治したい気持ちはあっても、休憩時間も楽しみたい。

「遼介くん、十五時十五分から打ち合わせだよね？　もう行ったほうが……」

出ていってほしい気持ちを別の言葉に変換して伝えたら、「大丈夫」と返された。

「まだ十分もあるから、俺のことは心配しないで。それより心の準備はいい？　抱きしめるよ？」

「ま、待って！」

距離を半歩詰めた彼は、私の願いを聞いてくれず、私の背中に両腕を回そうとしていた。

心の準備がまだできていない私には、怖じ気づくこの気持ちを抑えることができず、咄嗟に彼の胸を強く押して突き放してしまった。

「紗姫～、まだ指先も触れてないのに～」

「ごめん。でも、これは難しいよ」

抱きしめられるのは、体幹を拘束されているようなものだから、私の中では難易度がかなり高い。両腕ではなく、片腕で抱き寄せられるなら、逃げ道がある分、恐怖のレベルが下がりそうな気もするけど。

そんな説明をすると、腕組みした彼はなにかを考え込み、その後にパチンと指を鳴らした。

「逆にしよう。紗姫が俺を抱きしめて」

「私が？」

「そう。俺は動かないから。それならいつでも逃げられるから、できるはずだよね。ただし、最低一分は続けてね」

私が遼介くんを抱きしめる……触れ合う面積は同じでも、拘束されていない分、確かに気持ちは楽な気がする。

やってみようかな？

遼介くんは、ズボンのポケットに両手を入れたまま動かずにいてくれて、私は意を決して腕を広げ、そろそろと彼に近づいた。

しかし、あと三センチのところで心身の緊張が強まり、これ以上動けなくなる。広げた腕は宙に止まったまま。たった三センチなのにと自分でも思うけれど、薄い透明な壁でもあるかのように、どうにも触れることができないのだ。

「ここで無理と言われたら、俺、傷つくんだけど」

私の罪悪感を刺激するようなセリフも、吐息とともに耳をかすめては逆効果。「ひゃっ！」と叫んだ私は飛びのくように後ずさり、ミッションをクリアすることができなかった。

「あ……ごめんね」

二メートル離れた位置で謝ってみたが、肩を落とした彼に背を向けられた。それから彼は壁に片腕を突き立て、目に見えて落ち込んでいる。

遼介くんが嫌で逃げたわけではないと、言わなくてもわかっていると思うけれど、それでもしっかり傷ついたみたい。

「本当にごめんね」と、もう一度謝っても、「ん……」としか返事をしてくれず、こっちを向いてくれない。

オロオロしながらスーツの広い背中を見ていた私だが、ふと、これならできるかもしれないという気持ちが芽生えた。正面から抱きしめるのは無理でも、後ろからならなんとか……。

両手をギュッと一度握りしめてから歩み寄り、彼の真後ろに立った。グレーのスーツの背中にそっと胸と頬を当て、恐る恐る両腕を彼の体に回して抱きしめてみる。

できた……しかも、思ったより怖くない。心臓はバクバクと忙しく動いているが、手も震えていないし、呼吸も苦しくなかった。

「遼介くん、できたよ！」

嬉しくなってそう言うと、なぜか「離れて」と言われる。

せっかく成功したのに、なぜ喜んでくれないのか？　理解できず、彼の背中に胸を押し当てたままで「どうして？」と聞き返すと、いつもとは違い、ボソボソと話された。

「背中に当たる柔らかな感触が……。いろいろと妄想しちゃって、ヤバイかも」

ハッとして、急いで離れる私。慌てて後ずさったせいで、つまずいてバランスを崩し、尻餅《しりもち》をつく格好で床に転がった。

「紗姫！　大丈夫……あ……」

思わず短い悲鳴をあげた私を心配し、勢いよく振り向いた遼介くんだったが、すぐに顔を背けられた。その理由は、転んだ拍子にスカートがめくれて、下着の端っこを披露してしまったからで……。

慌ててスカートを直して立ち上がると、私たちは顔を見合わせて同時に赤面する。

目を逸らすのも、同じタイミングだった。

静かな大会議室に響くのは、彼の不自然な咳払い。それと、お菓子をポリポリとかじる音。

「中学生かってくらい初々しいね。見てるこっちが恥ずかしくなるわ」

そう言ったのは桃ちゃん。特訓に必死で忘れそうになっていたけど、彼女はチョコレート菓子を食べながら、今まで私たちの様子を口を挟まずに見守ってくれていた。

「遼介、十五時十八分だけど」

「げ、遅刻じゃん」

これから彼がリーダーとして携わっている新しいプロジェクトの打ち合わせがあるので、遼介くんは慌てて大会議室から飛び出していった。

今日の特訓はこれでおしまいということで、ホッと気を緩めた私は、やっと桃ちゃんの隣に座り、飲みかけのミルクティーに口をつけた。

「いつもあんな感じなの?」と聞いた桃ちゃんの口元に、微かな笑みが浮かんでいる。

「うん、まあ、そうかな」

「遼介でも照れたりするんだ。知らなかった」

桃ちゃんでも知らないことがあるのかと、意外に思ってその言葉を受け止めた。私といるときの遼介くんは、ときどき赤面したり、恥ずかしそうに目を逸らしたりする。

お菓子を食べながら、ふたりきりのときの彼の様子を話していたら、桃ちゃんが嬉しそうに目を細めてクスリと笑った。

「遼介が照れるのは、紗姫に恋してるからだよ。恋愛経験豊富なあいつでも、自分が好きな子と付き合うのは、もしかすると初めてなんじゃないかな」

「まさか……」

咄嗟に否定してしまったけれど、考えてみると入社以来、彼から告白して誰かと付き合ったという噂を聞いたことがない。だから社内恋愛に関しては、桃ちゃんの言う通りかもしれないと思い直した。

でも、それ以前の学生時代まで遡《さかのぼ》ると、恋することのできない私じゃあるまいし、まさかそんなことはないだろうと思うけれど。

桃ちゃんの缶コーヒーは、とっくに空で、残りのお菓子を食べ終えると、私もミルクティーを飲み干した。

気づけば勝手に休憩に入ってから、もう二十分も経つ。そろそろ仕事に戻らなければいろいろとマズイので、席を立った。

大会議室のドアを開けて、桃ちゃんと会話しながら廊下の角を曲がる。すると、後ろから追ってきた誰かに呼び止められた。

「横山さん、ちょっとお話いいですか?」

振り向く前に総務の長谷川さんだと気づいたのは、二ヶ月ほど前にも、社食で同じように彼女に声をかけられたから。

あのとき、罵られるのではないかと身構えたが、交際の事実を確認されただけだったので、拍子抜けした。

じゃあ、今回はなんの用事なのか……。

仕事面での接点はないので、遼介くん絡みなのは間違いない。いくらか緊張しながら立ち止まって振り向くと、書類を手にした彼女が立っていて、前回と違うのは作り笑顔を浮かべている点だった。

「さっき、大会議室から遼介くんも出てきましたよね。仕事さぼって、ふたりきりでなにしてたんですか？」

笑顔に似合わない、意味深な言葉。やましいことをしていなかったとは言えないので、私は顔を強張らせる。

なにも答えられない私に代わり、腰に手を当てた桃ちゃんが言い返してくれる。

「ふたりきりじゃなく、私もいたんだけど。見てたんならわかるでしょ。それに、ほらコレ。ミーティングしてただけだから、さぼりとか適当なこと言わないで」

桃ちゃんがパンと叩いてみせたのは、取引先の社名が書かれた青いファイル。

見つかった場合の言い訳として持っているだけだけど、たった三人のミーティングになぜ大会議室を使うのかという疑問もあるし、総務部の使用許可も取っていない。ツッコミどころはたくさんあっても、長谷川さんはさぼりについて追及する気がないようで、「告げ口の趣味はないので安心してください」と笑顔を向けてから、なぜか嬉しそうに話し続ける。

「私も遼介くんと隠れていろいろしてたときもありましたし、横山さんも同じなのかなと思っただけです。私のときには資料室が多かったんですけど、彼って……」

眉間に皺が寄っていくのを自覚したが、それを直せそうになかった。

長谷川さんは遼介くんとの情事を、私に赤裸々に話して聞かせる。彼のキスの仕方や、下着の脱がせ方、そんな説明をされても困るのに、どうして楽しそうに説明するのか理解できない。

彼女の話す情景が頭に浮かんで、不愉快な気持ちが込み上げる。彼がどんな風に女性に触れるかなんて、教えてほしくない。私がいかにお子様であるかを知らしめられるし、彼を抱きしめることができた事実も、すごい体験談を聞かされた後では、かすんでしまう。

気持ちよくしゃべり続ける彼女に、耳を塞ぎたい気持ちで「やめて」と呟いた。

しかし、気弱な私の声は小さすぎて届かず、呆れたようなため息をついた桃ちゃんが、代わりに口を開いてくれた。「いい加減にしな」と、ピシャリと言って四歳下の彼女を黙らせてから、半歩距離を詰めて諭《さと》すように語りかける。

「振られて悲しいのも悔しいのもわかるけど、その気持ちをぶつける相手が違うでしょ。別れに納得してないなら、もう一回、遼介に告白してきな」

「そんなことしても無駄じゃないですか……私が横山さんに敵《かな》うわけないのに……」

急に勢いをなくした彼女の瞳は、落ち着きなく左右に泳ぐ。

「当たって砕ける度胸がないから、紗姫に絡んで憂さ晴らしする気? やめなよ、みっともない。逆恨みじゃない」

とうとう長谷川さんは唇を噛《か》みしめて、うつむいた。彼との思い出を話しているときの少し得意げな表情は消えて、「恨んでないのに」と独り言を呟く。それから踵《きびす》を返して、廊下の角を曲がって総務部のほうへ消えていった。

「なにアレ。紗姫、あんなの気にしなくていいからね」

「うん……桃ちゃん、ありがとう」

並んで歩きながら、『恨んでない』と言った長谷川さんの言葉と、話している最中の楽しそうな顔を思い返していた。

初めは嫌がらせのつもりなのかと思ったが、恨んでいないのなら、どうして彼との思い出を私に話したのだろう。自分にも愛されていた時期があったのだと、どこにも行き場のない想いを聞いてほしかったのかな……。

まだ遼介くんのことを忘れられない彼女の一途さに、胸が痛んだ。

私、このまま遼介くんに甘えていてもいいのかな……長谷川さんのように、恋することができずにいるのに……。

十月も半ばを過ぎた平日のこと。

いつも通り、午前中の業務を黙々とこなす私。フロアに響くのは、パソコンのキータッチの音と電話応対の声のみで、心なしかオフィス全体が、いつもより静かに感じられる。それは多分、遼介くんが出勤していないせいだろう。

昨日の午後、タイにいる彼から、これから帰るというメールをもらった。五日間の予定だった出張は、一日延長してやっと商談がまとまり、今日は午後から出社するみたい。それまでは、なんとなく活気の落ちた、この静かな雰囲気が続くのだろう。

腕時計を見て、十二時までにはまだ一時間以上あることを確認し、早く時が経てばいいのに、と小さくため息をついた。

海外出張の多い遼介くん。それを寂しがったせいで、歴代の彼女たちは彼と別れることになったらしい。

かつてはわからなかったその気持ちが、今は私にも理解できる。ただ、そこに恋愛感情が欠落している分、寂しさの度合いは低い気もするけれど……。

チームで作成した書類のチェックを終えて立ち上がり、部長の席に向かう。「確認お願いします」とA４用紙の束を提出すると、代わりにクリアファイルを渡された。

「それ、総務に出しといて。すまんね」

クリアファイルの中には、先月出された有給申請書が数枚入っているようだった。

特に不満もなくその雑務を引き受ける。いや、正直に言うと、ひとつだけ懸念してしまうことがある。それは、行き先が長谷川さんのいる総務部ということ。

廊下に出て四階へと階段を上りながら、彼女のことを考えていた。

大会議室を出たところで呼び止められて、遼介くんとの思い出話を語られたのは、一ヶ月ほど前のこと。あれから声をかけられることはないのだが、視界の端々に、やけに彼女の姿が映る。

偶然だと思いたい。もしかすると、私が意識しすぎて、彼女の姿を探してしまっているのかもしれないし。

総務部に着き、開け放してあるドアから足を一歩踏み入れ、周囲を見回すと、すぐに長谷川さんの姿を見つけた。

入って左奥の隅にあるコピー機の前で作業中の彼女は、私に背を向けている。

このまま気づかれないうちに、用事を済ませたい。

総務部の真ん中辺りにある勤怠管理者のデスクに向かい、クリアファイルを渡してひと言ふた言会話する。それからすぐに総務部を出た。

しかし、『見つからなくてよかった』とホッとして廊下を歩きだした二歩目で、先回りしていたかのような彼女の姿に気づき、肩をビクつかせた。

「横山さんが総務に用事なんて、珍しいですね」

「そ、そうね。もう終わったので戻ります」

軽く会釈して、彼女の横をすり抜けようと体を斜め前に向けたが、彼女が一歩横に移動して、進路を塞がれた。

さっきより縮まった彼女との距離。

戸惑いながら視線を合わせると、ニッコリと笑顔を向けられた。

「遼介くん、今、海外出張中ですよね」

「昨日までです。今日は午後から出社予定で……」

「そうなんですか！　よかったですね〜。長く会えないと寂しいですよね」

にこやかに話してくれても、私は笑顔を返せないし、同意を求められても頷けない。寂しくないわけじゃなく、彼女と話を合わせると会話が長引き、ここから立ち去れなくなりそうな気がして。

返事をしなかったことで、長谷川さんの笑顔が急に曇る。

「横山さんは寂しくないんですか？　私は一日会えないだけでも寂しかったのに」

どうやら無言でいたことで、彼がいなくても私は平気だと思われたみたい。

彼女は明らかに不満そうに口を尖らせた後、「呼び止めてすみませんでした」と謝ってから総務部の中に消えていった。

不安げに速いリズムを刻んでいた鼓動が、徐々に落ち着きを取り戻していく。

この前もそうだったが、長谷川さんは私と遼介くんの話をしたいみたいだ。

つらい学生時代に私をいじめた女子たちと彼女はなにか違う。敵意をぶつけてこないのはありがたいことだけど、今まで経験したことのないパターンに不安にさせられる。桃ちゃんと違って気弱な私は困るだけなので、やめてほしい。

さっさと総務部の前から離れたくて、足早に廊下を歩く。大会議室の前を通って、廊下の角を曲がろうとしたそのとき。

出会い頭に、誰かと肩をぶつけてしまう。

ドンとぶつかったのは、名前は覚えていないが、総務の一年目の男性社員。

私も早足だったが彼も急いでいたようで、結構な衝撃でぶつかった。体格差で弾かれた私は尻餅をつき、彼の手からファイル数冊が散らばった。

「わぁっ！　すみません、大丈夫ですか？　本当にすみません！」

私も悪いのに、何度も謝ってくれる彼は、パニックになったような慌てよう。謝りながら私の背後に回り、突然脇の下に両腕を差し込むと、助け起こそうとしてきた。

悪気がないのは、見ていてわかる。でも、思いっ切り胸を触っているのだけれど。

立ち上がらせてもらった後、私は言葉を発することができずに固まっていた。

彼は床に散らばっていたファイルをかき集め、深々と頭を下げてもう一度謝ってから、走って総務部の中に消えていった。

胸、触ったことに気づいていないみたい……大きくはないけれど、小さくもないから、柔らかな感触はあったと思うのに。

悪気も下心もなく、気づいてもいないのなら、私も怒る気になれなかった。

彼が去って数秒後、驚きの波が引いた後には、別の事実に気づいてハッとした。

男性に後ろから抱えられるように助け起こされても、怖くなかった。ただ驚いただけで、恐怖心は少しも湧いてこなかった。

もしかして、治っているのだろうか？　男性恐怖症が……。

出張のとき以外、遼介くんの厳しい特訓はほぼ毎日続いていた。最近、正面から抱きしめられるというミッションを、やっとクリアしたところ。

彼以外の男性に触られる機会がないから、判断できなかったが、胸を触られても恐ろしくなかったなんて……治ったと言ってもいいのではないだろうか。

そういえば、この前、買い物に出た際に、エレベーターの中で見知らぬ男性とふたりきりになっても、緊張しただけで平気だった。かつての私なら、乗ろうとしたエレベーターに男性がいたら絶対に乗り込まないし、途中から相乗りしてきたら、入れ違いに降りていたのに。

よくよく考えてみると、外出自体がずいぶんと楽になっている。すれ違う男性たちを過剰に意識しないで済む分、道端に咲く花や空の青さを楽しむ余裕ができたし、こんな場所に新しい雑貨屋ができたのかと、景色の変化に気づくことが増えた気がする。

ついに治ったのかな、私……これは、すごい！

急いで階段を駆け下り、ライフサイエンス事業部の自分の席に戻ると、バッグの中からスマホを取り出す。この事実を真っ先に遼介くんに伝えたかった。それは百パーセント、彼のおかげであるからだ。

先ほどの出来事と、怖くなかったので治ったかもしれないという推測を喜びいっぱいの文章で、彼に伝えた。

多分遼介くんは、自宅で出社の準備をしている頃だと思う。ワクワクして返事を待っていたら、三十秒後に返ってきた彼のメールは、予想していた反応とずいぶん違うものだった。

【ぶつかった奴って、総務の誰？】

男性に慣れるための特訓をしてくれた彼なら、祝福してくれるものだと思っていたのに……。

絵文字もついていない、やけに短い文章は彼らしくなくて、スマホの向こう側で不愉快そうにしているのが想像できる。

戸惑いつつ、名前は知らないが新人だと返信したら、【もうすぐ出社するから後で詳しく教えて】と、またしても不機嫌そうな短文を返された。

暗転したスマホ画面を見つめて、喜んでくれない理由を考える。

もしかして、嫉妬だろうか？

それにやっと気づいた私は、胸を触られたことまで書いてしまったことを後悔する。

でも、言い訳させてもらうと、ヤキモチを焼かせたかったわけではなく、それほどのことをされても大丈夫だったという、目覚ましい進歩を伝えたかっただけなのに……。

それから一時間ほどして、遼介くんが出社してきた。ちょうど昼休みに入る時間なので、いつものように彼の周囲には人が集まり、フロアはたちまち活気づいた。

そして、恒例のお土産配布タイムが始まるのかと思いきや……今回はひとりずつに手渡しするのではなく、包みを破ったお菓子の箱を机に置いてのセルフサービス方式。

「ごめん俺、用があるから、適当に持っていって」という声が、私の耳まで届いた。

机五個と通路を一本挟んだ自分の席から、中腰で彼のデスクを覗いていた私は、ホッとしていた。

着いて早々、急ぎの用があるということは、今、私とメールについて話し合っている暇はないということ。不快にさせたことへの謝罪は、後ほどということで……。

スマホと財布を手に立ち上がった私は、桃ちゃんの席に行ってお昼に誘った。今日のランチは徒歩四分ほどの場所にあるパスタ屋にしようと、今朝ふたりで話していた。

桃ちゃんが仕事の手を止めて、財布を手に立ち上がる。しかし、なぜか振り向いたその視線は私を飛び越えて、斜め上辺りの後ろに向けられた。

「遼介、お帰り」

桃ちゃんが言うと同時に、私の体に回されるネイビースーツの長く力強い腕。それは遼介くんの腕だった。

突然背中から抱きしめられて、「ひゃっ！」と変な悲鳴をあげてしまう。

「ただいま。浅倉、今日だけ紗姫を貸して」

「それは私に、ひとりでパスタを食べに行けということ？」

「そういうこと。ごめん、パスタ代は払うから。帰りまで我慢できそうにないんだ」

耳元で彼の声が聞こえるほどに顔の距離が近いので、私の心臓はフル稼働中。なおかつ周囲の注目を浴びているので、恥ずかしくて顔が熱くなる。

勘違いしていたが、どうやら〝急ぎの用〟とは私と話し合うことだったみたい。でもそれならば、桃ちゃんを含めた三人でランチしながらでもいいわけで……というより、桃ちゃんに加勢してもらいたい。だから、「遼介くんも一緒にパスタを食べに行けばいいんじゃないかな」と提案してみた。

すると桃ちゃんに、呆れたような目で見られる。

「遼介はふたりきりになりたいんだって」

思わず赤くなる私の耳に「そういうこと」と低く甘い声が忍び込み、体に回されていた腕が解かれて手を繋がれた。そして問答無用で引っ張られ、廊下に連れ出される。

怒っている……よね？

手が離され、私は半歩前をスタスタと歩く彼についていく。すれ違う人に明るく挨拶している彼は一見いつも通りだが、私の歩調に合わせてくれないことやスーツの背中から、イラ立ちが感じられた。

連れていかれた場所は、一階の社食を通り過ぎた廊下の奥にある備品保管庫。周囲に人がいないことを確認した彼は、ドアを開けて先に私を押し込んでから、自分も入り、素早くドアを閉めた。

入口横の壁のスイッチを押すと、蛍光灯の明かりがコンクリートの壁とスチールラックだらけの、無機質な空間を照らし出す。

お仕置き部屋に連れ込まれた気分で、背中に冷や汗を流しながら、これはもう謝り倒すしかないと、姿勢を正して彼に頭を下げた。

「ごめんなさい！」

「なにについて謝ってるの？」

その声は、怒りを抑えようとしているかのように、低く淡々としていた。

「ええと、嫉妬させたことについて……かな？」

語尾を疑問形にしたのは、確信が持てずにいたから。もしかすると、別の理由で不機嫌なのかもしれない。私は彼じゃないので、彼の気持ちを百パーセント理解することは不可能だった。

外れていたら、さらに気を悪くさせそうで、なかなか頭を上げられない。すると「顔を見せてよ」と言われ、そろそろと身を起こすと、目の前にはいつものように優しく微笑む彼がいた。

「わかってくれてたんだ、俺の気持ち。紗姫なら斜め上の解答が返ってきそうだったから、なんか嬉しい」

斜め上の解答って……。

今までビクビク怯えながら生きてきた分、人の気持ちには敏感なほうだと思う。恋愛についてだけは経験がない分、鈍感なのかもしれないが。

ともあれ機嫌を直してくれた彼にホッと胸を撫で下ろし、あのメールは単に特訓の成果を伝えようとしたもので、他意はないと伝えた。

「わかってるよ。だから怒ってない。偽者彼氏の分際で、ヤキモチ焼いた俺が悪いのもわかってる。ごめんね、不機嫌になって」

自嘲ぎみに笑ってから彼は半歩近づき、私の腕を取って引き寄せた。体にスーツの腕が回され、ギュッと抱きしめられると、ワイシャツの襟元から香る甘い香水が、私の鼻腔《びこう》をくすぐった。

胸が高鳴るのは怖いからじゃない。照れ臭くて、嬉しくて……この気持ち、なんて説明したらいいのかっ
一週間ぶりの温もりにもう少し浸っていたかったのに、なぜか一度腕が解かれて、クルリと体を反転させられた。今度は背中側から抱きしめられる。

体の向きを変えられた理由はどこにあるのかと戸惑っていたら、彼の顔が私の肩に乗り、耳に熱い息がかかり、右手が……ブラウス越しに私の左胸に触れた。

「りょ、遼介くん!?」

「触らせて。紗姫は悪くないけど、総務の新人がやったことを、消化できそうにない。平気だったんでしょ？　胸を触られても」

平気というか……あれはアクシデントで、恐ろしくなくても固まるほどに驚いたのは事実。決して平気だったわけじゃない。

そう説明しようとして、慌てて上半身をひねって横を向く。すると十センチの距離に、色香を放つ少し垂れ目の双眼があり、鼓動が大きく跳ねた直後に唇が重なった。

えっ、ちょっと待って！

今までは、特訓の内容を口頭で説明してから、彼は私に触れてきた。それなのにいきなり胸に触られ、初めてのキスまでされては、心臓が飛び出そうなほど驚いて、顔を背けて逃げようとする。

しかし、すぐに彼の左手が私の髪にもぐり込み、鷲《わし》づかみして頭の位置を戻される。胸に触れていた右手は、今は私のウエストをガッチリとホールドし、逃げられない状況で再び唇が重なった。

拘束されると、反射的に恐怖心が湧き上がる。ギュッと目を閉じて唇を引き結び、体を強張らせる私は、やっぱりまだ治っていないのか……。

怖いと感じて手を震わせていたら、唇を触れ合わせたまま彼が優しい声で言った。

「紗姫、目を開けて。大丈夫だよ。俺は紗姫を傷つけたりしないと、信じて……」

後頭部を固定している彼の左手の力が、緩むのを感じた。ウエストに回されている右腕の力も抜かれて、今は添えられているだけ。

怖いけど、不思議と嫌じゃない。優しい言葉と緩められた力に、そろそろと目を開けたら……近すぎてぼんやりとした視界の先に、彼の瞳があった。

甘い香りが漂ってきそうな、チョコレートブラウン。ああ……この瞳はずっと私を心配して、見守ってくれていたんだ。

彼のおかげで私はやっと、本来の姿で生活できるようになった。今は男性からのアプローチに怯えることもなく、女子社員からいじめられることもない。こんなにも私のことを考えて、力になってくれた人は過去にいなかった。

遼介くんは優しい人……私を正しい方向へ導いてくれる人……。だから、遼介くんになら、なにをされても大丈夫。

鼓動は変わらず爆音を響かせていても、手の震えは止まり、体から緊張が抜け、引き結んでいた唇の封も解かれた。

私の下唇をなぞっていた彼の舌先がそれを察知して、ゆっくりと中へ入ってくる。ノックするように前歯を刺激されたので、口をさらに少し開けると、さらに奥へと入り込み、ゆっくりと優しく頬の内側を撫でてから、私の舌と交わった。

なにこれ……気持ちいい。

気づけば自分から、彼のほうへ体を向けていた。両手で彼のスーツのジャケットを握りしめ、襲いくる快楽の波に流されぬよう耐えていた。

彼の左手はもう後頭部から離れて、今は私の頬に触れているだけ。右手はウエストから胸元に戻ってきて、ブラウスの上からそっと包むように優しく胸に触れていた。

自分の息が熱くなっているのがわかる。今までの特訓では、怖じ気づいてしまうからと彼の色気を感じないように努力していた。それが今は戸惑いつつも、甘い彼の色香に浸り、胸と口内への進入をドキドキしながら受け入れている。

私にもみんなと同じように、こんなにすごいことができた……。それを気持ちいいと感じる余裕もあるのだから、男性恐怖症は今度こそ治ったと思ってもいいよね？

長いキスに息苦しさを感じ始めたとき、舌が抜かれ、チュッとリップ音をたててやっと唇が離された。視界がぼやけない位置まで離れて見つめ合うと、恥ずかしさが込み上げ、目を泳がせた。

一方、遼介くんは、なぜか切なげに顔をしかめていて、大きなため息までついて私を強く胸に抱きしめる。

「私、治ったみたいだよ。遼介くんのおかげで」

「うん、そうだね……」

小さく元気のないその声に、困惑する私。

「どうして喜んでくれないの？」

昼前のメールで、不思議に思ったのと同じ状況。

怯えながら高飛車女を演じることしかできなかった私に、治そうよと言ってくれたのは彼なのに。怖がる私を励ましながら、根気強く練習に付き合ってくれたのも彼なのに。どうして苦しそうにするのだろう……。

遼介くんの気持ちが知りたかった。顔を覗き込みたくて、体を少し離そうとしたら、逆に彼の腕に力が込められ、痛いほどに抱きしめられた。これでは耳と髪の毛しか見えなくて、気持ちを読み取ることができない。

ドアの向こうの廊下から、社食の賑わいが微かに伝わってくる。でも備品保管庫の中で聞こえるのは、彼のため息だけ。私の髪にもぐり込む、小さくて重いため息……。

いつも明るい彼がどうしたのだろうと心の中でうろたえていたら、彼が独り言のように呟いた。

「抱きたいな。紗姫を抱きたい……」

キョトンとしてしまったのは、意味を正しく理解できなかったから。今、私を腕に抱いている状態で、『抱きたい』と言われても、これ以上どうすればいいのか？

疑問をそのまま口にしたら、「違うよ」と否定される。その後に「そういう意味の〝抱く〟じゃなくて……」と、私には刺激の強すぎる想像をさせられた。

「あ、あの……それは、ちょっと……」

キスの最中に、遼介くんになら、なにをされても大丈夫だと思ったけれど、そこまでの行為は含めていなかった。

想像して慌てていたら、彼が言葉をつけ足した。

「しないから安心して。初体験は、紗姫が惚れた男とじゃないとな。今の俺には、紗姫を抱く資格はないとわかってる」

『しない』と言ってくれたことで焦りはすぐに引く。その代わりに、今度は申し訳なさが込み上げてきた。

恋する気持ちが、わからない。遼介くんは誠実で、こんなにもいろいろと協力してくれるのに、どうすれば恋愛感情が芽生えるのか、いまだにわからない。

「ごめんね……」

彼が望んでいるであろう言葉とかけ離れたセリフしか伝えられず、そのことに対してもまた申し訳なく思う。

すると、彼が珍しく弱音を吐いた。

「やっぱ、ダメなのか……。ねぇ紗姫、俺ばかりがどんどん好きになって苦しいんだ。どうしたら俺に惚れてくれる？　教えてよ、紗姫……」

彼のひと言ひと言が胸に突き刺さり、ズキズキと痛みだす。多くの女子社員は彼に恋しているのに、それができない理由がわからない。どうしたら彼の気持ちに応えられるのか、私も教えてほしい。

なにも答えられない私には、黙って彼の背中を撫でることしかできなかった……。

ファーストキスから一週間後。十五時半の大会議室に、私と桃ちゃんがいる。

この一週間、悶々《もんもん》と考え続けていることがあった。桃ちゃんの仕事の愚痴に相槌を打ちつつ、今も頭の隅でどうしようと悩んでいたら、「次は紗姫の番」と言われた。

桃ちゃんの愚痴に付き合ったので、今度は私の愚痴を聞いてくれるというのだが……。

「愚痴じゃないんだけど」と前置きしてから、一週間前に備品保管庫で、遼介くんと話したことを相談した。

私を抱きたいと言った彼は苦しそうで、どうしたら惚れてくれるのかと、彼らしくない弱気な態度を見せていた。その翌日からはいつもの明るい調子に戻り、あの話は全く話題に上らないけれど、笑顔の裏では泣きたい気持ちでいるのではないかと勘ぐってしまう。

私は彼を苦しめているが、気持ちに応えることもできないので、どうすればいいわからずに悩んでいた。

桃ちゃんは驚くでも、心配するでもなく、平然と話を聞いてくれた。そして、フルーツグミを口に放り込んで、モグモグしながらサラリと言う。

「遼介に処女をあげればいいじゃん」

「ええっ⁉」

まさかそんな適当なアドバイスをされるとは思っていなかったので、驚きのあまり手の中の紅茶の缶を滑らせ、机の上に少量こぼしてしまった。

慌ててポケットティッシュで拭き取っている最中に、また紅茶の缶を倒してしまう。

桃ちゃんはわかりやすくうろたえる私を見ながら、淡々とフルーツグミを食べるだけ。それから私を諭しにかかった。

「恋するのが難しくても、体を提供することはできるよね。そうすれば、あいつの欲求不満の苦しみだけはなくなるよ」

「そうかもしれないけど、私にはちょっと……」

「なんで？　男性恐怖症は治ったんでしょ？　言っとくけど、二十七歳で処女って自慢にならないから。遼介に感謝してるなら、あいつにもいい思いさせてやって」

桃ちゃんは財布の中からなにかを取り出して、私の手の平に載せた。

それは可愛い天使のイラストが描かれた、小さな正方形の銀色のパッケージ。化粧品のサンプルかと思ったが、指で触った感触がなにか違った。

「これは？」

「コンドーム。遼介に渡せば、言葉にしなくても気持ちは伝わるから」

驚いて、もらったばかりの物が手から滑り落ちた。

こ、これが避妊具という物なのか……。

心臓をドキドキ言わせつつ、恐る恐るそれをつまみ上げ、手の平に戻す。

私の性格上、『抱いてほしい』と口にするのは難しいだろうからと、桃ちゃんは気を利かせてひとつ分けてくれたのだろう。でもその前に、私と彼の恋人関係は偽りで、彼に恋心を抱けないまま初体験に至るのは、どうなんだろう……。

桃ちゃんの言いたいことはわかる。遼介くんの気持ちに応えることができないのなら、せめて体の関係を持つことでお礼を……それができれば、彼のつらさが少しは減るかもしれないと私も思う。

動揺して、しばらく手の上のパッケージと桃ちゃんの顔に視線を往復させていたが、今は天使のイラストに止まっていた。

裸の自分が彼に抱きしめられる姿を想像して、『やっぱり無理！』と心が叫ぶ。そして、また怖いという感情が湧き上がりそうになる。

男性恐怖症は治ったと信じたいので、この恐ろしさはただ単に、初めてのことに対する緊張や不安の表れだと思うことにする。ほかの男性ならともかく、遼介くんに触られて怖いとは、もう感じたくないから……。

オロオロしながらいろいろと考えたが、結局、本物の恋人ではないのにという抵抗を払拭できず、抱かれる勇気を持てないまま、もらったパッケージを財布の中にしまった。

その時点で休憩に入ってから十分が経過しているので、そろそろ仕事に戻ろうと立ち上がった。大会議室を出ると、空き缶を捨てるために、すぐ隣にある給湯室に立ち寄る。

中に入ると、さっきの話をまた桃ちゃんが蒸し返し、「今日あげちゃいなよ、ちょうどプレゼントにもなるし」と言ってきた。

「ちょうどって？」

意味がわからず聞き返すと、缶を捨てた後に振り向いた桃ちゃんが目を瞬かせた。

「まさか……知らないとか？　今日、遼介の誕生日なんだけど」

え……知らなかった。今まで『誕生日』という単語が、話題に上ったことはなかったし。

驚く私の背後に、人の気配がする。給湯室のドアはもとから開け放してあり、ヒールを打ち鳴らして入ってきたのは、目を吊り上げた長谷川さんだった。

開口一番「ひどいです！」と大声で非難された。

「また、あんたなの？　いちいち絡んでこないでよ」

桃ちゃんが迷惑そうな顔で、面倒臭そうに言いながらも、私と彼女の間に立ってくれた。

私は長谷川さんの登場に困りながら、四階に来たことを後悔していた。広すぎるがゆえにほとんど使われていない大会議室は、秘密の休憩場所にもってこい。でも、長谷川さんに完全にマークされているようだし、総務部と同じフロアにあるこの場所を使うべきではなかった。

どうやら給湯室での会話を聞かれていたようで、彼女が怒っている理由は間違いなく、私が彼の誕生日を把握していなかったことに対してだろう。

長谷川さんは目の前の桃ちゃんに構わず、私だけを睨んでいて、非難の言葉も私だけにぶつけてきた。

「彼氏の誕生日も知らないって、あり得ない。私は遼介くんの誕生日まで続かなかったけど、どんな風にお祝いしようかって、彼女だったときはすごく楽しみにしていたのに！」

「あ～うるさい。なんであんたが彼女だったときと比較すんのよ。もう部外者なんだから、引っ込んでな」

桃ちゃんがすぐに言い返してくれたけれど、彼女の言葉にもろにダメージを受けた私は、ショックの中で考え込む。

長谷川さんが遼介くんと付き合っていたのは、五ヶ月ほど前のこと。そんなに前から誕生日のことを考えていたなんて……。

食事やプレゼントのことなど、彼の好みをリサーチしたりネットで調べたりしていたのかな？　遼介くんのために……。

彼女の恋する気持ちに胸が痛んだ。いろいろと計画していたことを、実現したかったことだろう。でも別れてしまった彼の誕生日を祝える立場にあるのは、長谷川さんではなく私。その私が誕生日自体を知らなかったと聞かされたら……怒りたくなるのもわかる気がした。

長谷川さんに言い返してくれている桃ちゃんの肩に手を置いて、振り向いた彼女に首を横に振ってみせた。桃ちゃんに一歩下がってもらい、今度は私が前に出て、長谷川さんと向かい合う。

「あなたの言う通り、私はひどい女でした。ごめんなさい、嫌な気持ちにさせて」

両手を前に揃えて頭を下げると、後ろで桃ちゃんが慌てる。

「ちょっと紗姫、なに謝ってんのよ！」

頭を上げると、長谷川さんも驚いた顔をしていた。怒りをぶつけてきても、まさか私が謝るとは思わなかったようだ。驚いたことで怒りのボルテージが下がった彼女は、ひと呼吸置いてから、声のトーンを落として聞く。

「私と違って横山さんは、遼介くんから告白されて付き合ったと噂で聞きました。もしかして、好きじゃないのに付き合ってるんですか？」

彼に真剣に恋している彼女には、真面目に答えたいと思うけれど、結局は黙り込んでしまった。私たちの交際のきっかけと経過はもっと複雑で、上手く説明できそうにない。それに、交際していると言ってもそれは所詮、偽りだから。

黙っていることを肯定の意味に捉えた彼女は、軽蔑するような視線を向けてきた。

「好きじゃないのなら、早く別れてください。彼のことを本気で好きな女性がたくさんいるんです。私もそのうちのひとりですけど……」

そう言って、長谷川さんは踵を返した。

彼女が給湯室から出ていった後の廊下を見つめながら、私は『別れ』という言葉を心の中で反芻《はんすう》していた。

私と遼介くんの今の関係には、いつか終わりが来る。夏の長野出張で、彼は私に言った。男性恐怖症を治して、私が誰かを好きになり、その人と交際を始めるときまで偽の彼氏として私を守ると。

偽の恋人関係が終わるのは、私に本物の彼氏ができたときということだが、それは一体いつになるのか……。

誰かに恋する自分が想像できなかった。このまま誰にも恋することができなければ、遼介くんは私の偽の彼氏役をずっと続ける気だろうか。それは失礼なのではないか。彼に対しても、長谷川さんのように彼に恋する女性たちに対しても……。

思考の中に沈んでいると、正面に回った桃ちゃんが私の顔を覗き込み、眉間に皺を寄せた。

「変なこと考えてるんじゃないでしょうね。うっとうしいハエ女のことは気にしなくていいから。遼介は紗姫に惚れてる。別れるなんて言えば、傷つけると覚えておいて」

「うん……」

「余計なことに頭を回さないで、今日の誕生日をどう祝うか考えたら？」

あ、そうだった。誕生日、どうしよう……。

定時で仕事を無理やり終わらせた私は、食料品店で買い物をした後、走って帰り、慌ただしく料理をしていた。

寄ろうと思えばデパートにも寄れたが、つけ焼刃に適当なプレゼントを選ぶのは嫌だし、当日に有名レストランの予約を取れるはずもなく、それならばせめて手料理で精一杯もてなそうと考えたからだ。

私が料理を作ると、彼はいつも大げさなほど喜んで食べてくれるし……。

遼介くんはまだ仕事中で、終わり次第、私の家に来ることになっている。

今の時刻は十八時半。ふたり用のダイニングテーブルの上には、スモークサーモンとアボカドのサラダ、カボチャのポタージュ、バジルスパゲティが並んでいる。

そして今、海老《えび》と白身魚のフリッターを調理している最中で、揚げ物をしつつピザ生地を伸ばし、上にナスやトマトをトッピングしていた。

忙しく動く私のエプロンのポケットで、スマホが震える。それは遼介くんからで、今会社を出たというお知らせメールだった。

彼の足なら十分で着いてしまう。急がないと……。

返信している暇もなく、海老と白身魚を揚げ終えて、レモンとパセリを添えて盛りつける。次にピザをオーブンに入れて、散らかしたキッチンを大急ぎで片づけていたら、インターホンが鳴った。

水道の水を止め、濡れた手をエプロンで拭きながらインターホンの画面を見ると、そこには笑顔の遼介くん。エントランスのオートロックを解除して少しすると、今度は玄関チャイムが鳴った。

洗い物が終わらなかった……。

それを気にしながら鍵を開けて彼を迎え入れると、「美味そうな匂いがする」と言われた。それから、洋菓子店の名前の入った小さな箱を手渡される。

「お土産にケーキ買ってきた」

それを見て「あっ！」と声をあげた理由は、誕生日ケーキを買い忘れていたせいだ。メニューのことで頭がいっぱいで、ケーキが必要だということをスッカリ忘れていた。

本人にケーキを買わせてしまう、私って……。

しかも誕生日用でないのは、見てわかる。箱の大きさからして、きっと中身はカットケーキ二個だから。

『しまった』という顔をする私に「ケーキじゃないデザートがよかった？」と聞くので、リビングに彼を通しながら、モゴモゴと白状した。

「違うの……ホールケーキを用意するのを忘れていて……ごめんね」

リビングに足を踏み入れた彼は、ダイニングテーブルいっぱいに載せられた料理に、目を見開いた。

「すげー！　これ全部、作ったの？」

「うん、今日は遼介くんの誕生日だから、お祝いを……」

床に鞄を置いた彼は、私を胸に抱きしめた。エプロンをつけたままでは彼のスーツを汚しそうで気になったが、「いいよ」と言われ、離してくれない。

「祝ってもらえると思ってなかった。誕生日を知らないと思ってたし」

「実は……」

申し訳なさいっぱいで、すべてを白状する。桃ちゃんに教えてもらって今日の午後に知ったことと、準備の時間が足りなくて手料理しか振る舞えないことを。

気を悪くさせただろうかと怯える私に、彼は笑いながら言った。

「そっかー。でもさ、誕生日を知ってから大変だったんじゃない？　定時で仕事を終わらせるのも、帰ってからこれだけの料理を作るのも。紗姫の気持ちと努力が嬉しい。ありがとう」

よかった……そう言ってもらえると、知らなかった罪悪感から抜け出せる。ホッと息を吐き出し、彼の腕の中で笑顔を向けた。

「遼介くん、二十八歳の誕生日おめでとう」

「ん、ありがとう。十二月の紗姫の誕生日には、俺、張り切るから」

「私の誕生日、知ってたの？」

「もちろん。五年半前から知ってる」

五年半前ということは、入社のときからということで……あ、また罪悪感が。

ダイニングテーブルに向かい合う。遼介くんは、本当に美味しそうに食べてくれた。あまって当然の量を残さずすべて平らげて、途中でズボンのベルトを緩めているから、おかしくて笑ってしまった。

食後には紅茶を入れて、遼介くんが買ってきてくれたチョコレートのカットケーキを並べる。バースデー用のロウソクの代わりに、うちにあったアロマキャンドルに火を灯し、ふたつのケーキの間に置いた。

彼と違い、歌唱力のない私が歌う、ところどころ音を外したバースデーソング。優しい笑顔で聞いてくれる彼は、途中から上手にハモってくれて、アロマキャンドルを吹き消した後は、私の拍手とふたりの笑い声が狭いリビングに響いた。

早速食べようと、カットケーキを包むセロファンをはがす私に対し、彼は頬杖をついて、私を見つめるだけ。

フォークに刺したケーキを口に入れ、大好きなチョコレートの味を楽しみながら、首を傾げて彼に聞く。

「食べないの？　お腹いっぱい？」

「違うよ。胸がいっぱいで入らない」

目を瞬かせて「え？」と聞き返すと、目を細めた彼が眩《まぶ》しそうに私を見る。

「紗姫は優しいね。俺は偽者彼氏で、イベント事はスルーされても仕方ない立場なのに、こうして祝ってくれる。嬉しくて、胸が痛い……」

そんな言葉を聞いたせいか、目の前で笑っているはずの彼の顔が、泣きそうなのをこらえているように見えた。

ケーキのふた切れ目を口に運ぼうとして、途中で止めてフォークを置く。泳がせた視線を、火の消えたアロマキャンドルに向け、申し訳なさいっぱいで呟いた。

「ごめんね……私のために、彼氏役をやらせてしまって」

「俺が言いだしたことだよ。しかも、『利用して』と言いながら、そばにいればいつか本物の彼氏に昇格できるんじゃないかと企んでいた。そうなれないのは、俺の力不足。紗姫のせいじゃないから謝らないで」

確かに言いだしたのは遼介くんだが、断らずにその計画に乗って、その結果、彼を苦しめているのは私だ。

彼のおかげで、仮面を被ることなく過ごせるようになった。今は男性社員に怯えることも、女子社員からいじめられることもなく、平穏な日常を過ごせている。

遼介くんは大きな幸せを与えてくれたのに、私は……なにもお返しできないばかりか、苦しめるだけなんて。

揺れる心は、彼の望みを叶える方向へと動きだしていた。

彼のために、なにかをしてあげたいという気持ちが大きく膨らんでいく。恋心がわからなくても、遼介くんは一番心を許せる男性で、人間として私は彼のことが好きだ。そんな彼にならなら……という気持ちにもなる。

会議室で桃ちゃんと話したときは強い抵抗を感じたが、こうして遼介くんの顔を見つめていると、大丈夫な気がしてきた。

着ているブラウスの胸元をギュッと握りしめてから手を離し、この気持ちが崩れないうちにと立ち上がった。

向かった先は、すぐそばにあるソファ。その上の通勤用バッグの中から財布を取り出し、お金ではない〝ある物〟だけを握りしめて、彼のほうを向いた。

「紗姫？」

心臓が爆音を響かせているのは、これまでの私にとっては、かなり無茶な決意を固めたせいだった。

不思議そうな顔で、ダイニングの椅子に座っている彼。その横に立ち、右手の握り拳を彼の目の前に突き出した。

「受け取ってほしい物があるの」

赤い顔でそう言うと、私の拳の下に彼の手の平が差し出された。

私がゆっくりと拳を開いたら……桃ちゃんからもらった銀色の天使が、彼の手の平に舞い降りた。

恥ずかしさに目をつぶってしまったので、彼の表情は見えない。でも、息を呑む音が耳に聞こえ、言葉が出ないほどに驚かせたことは推測できた。

それから無言の間が数秒間続く。彼がなにを考えているのか気になったが、私はまだ固くつぶった目を開けることができずにいた。

すると突然、沈黙を破るかのようにガタンと椅子が音をたてたので、驚いて目を開けた。その直後に体が浮き、視界が傾いて、あっと思ったときには横抱きに抱え上げられていた。

白いワイシャツの腕の中から見上げる彼の顔は苦しげで、歯を食いしばっているようにも見える。

備品保管庫で私を抱きたいと言ったのは、彼。その望みが叶うというのに、なぜそんな表情をするのかわからず困惑したが、初体験を前にして、深く考え込んでいる余裕はなかった。

私を抱えた彼は、無言のままリビングのドアから短い廊下に出て、寝室に向かおうとしている。

「遼介くん、その前に私、シャワーを……」

心臓が激しく波打ち、顔が火照《ほて》る中で、慌てて伝える。

今日は長谷川さんの登場に冷や汗をかいたり、大急ぎで誕生日の準備をしたので、いつもより発汗量が多い気がする。乙女の恥じらいとして、先にシャワーを浴びたいのに、「ごめん無理、我慢できない」と拒否された。

寝室のドアを器用に開けて入っていく彼。少々手荒にベッドに寝かされると、ネクタイを解き、ワイシャツを手早く脱ぎ捨てた彼が、私の上に覆い被さった。

シーツに突き立てられる二本の裸の腕に囲われると、自分の鼓動が耳元で鳴っているかのように大きく聞こえた。

見下ろすふたつの瞳には、いつもの柔らかな色が消え、代わりに強烈な色香が放たれ、飢《う》えた獣みたいに激しい欲情を露わにしていた。

そんなにも私を抱きたかったのかと、彼の瞳に驚かされ、同時に不安が広がった。これが私の初体験になると、遼介くんも当然わかっている。少し前までの私は、男性に触れることさえできなかったのだから。ゆっくりと優しく抱いてくれるはずだと勝手に期待していたのに、私とは違う意味で、彼にも心の余裕がないようだ。

『お願い、優しく』……身を守るために、そう言おうとしたけれど、すぐに唇が重なり言葉を奪われてしまう。

熱い舌が入り込み、私の口内を強く激しくかき回し、唇をしゃぶられた。これが二度目のキスだが、前回の備品保管庫でのキスと明らかに違っていた。荒々しく強引なキスは苦しくて、合わせた唇の隙間からあえぐように息を吸い込んでいた。

唇を離さないまま、彼の手が私の体を探り始める。服の上から胸に触れていた右手は、すぐにブラウスのリボンとボタンを外し、下着をずらして直に胸に触れてきた。

緊張と不安に耐えようと、私は固く目を閉じて両手を握りしめる。彼の舌は熱いのに、指先は驚くほどに冷たくて、胸に触れられると鳥肌が立ってしまった。

やがて彼の唇が私の唇から離れて、下へと移動を始める。首から鎖骨、さらにその下へと、舌を這《は》わせながら移動して、胸の頂までくると、そこを口に含められた。

初めての刺激に、心の中で慌てる私。経験のある女性たちのように、これを気持ちいいと感じる余裕がなかった。裸の胸を見られていることが恥ずかしすぎて、とてもじゃないが目を開けられそうにない。

この先、胸以外の場所にも侵攻が始まるのだろうと考えたら、壊れそうな速度まで心拍数が上昇し、口を塞がれていないのに息が苦しくてしゃべれなかった。

胸への刺激がやまないうちに、彼の左手がスカートをまくり上げ、ストッキングの上から太ももを撫で始める。

あちこちをいっぺんに刺激され、耐えるのが難しくなってきた。どこまでも強くなる緊張と不安。それはやがて恐怖心へと姿を変えて、体が小刻みに震えだす。

遼介くんを恐ろしいと思いたくないのに、どうして……。彼に伝わってしまうから、早くこの震えを止めないと。

無意識に唇を噛みしめていた。そこから染み出した血液で、口の中に残っていた彼の味が消えていく。爪《つめ》を立てるようにシーツを握りしめ、震えを止めるために全身に力を入れていた。

太ももを這っていた彼の冷たい指先は、少しずつ上に移動して、下着越しに大事な部分に触れてくる。

怖い……どうしても湧き上がってきてしまうその感情を、必死に押し込めようと心の中で抗う私。遼介くんだけは、怖いと思いたくない。私のせいで苦しんでいる彼に返せるものは、これしかないのだから耐えないと……。

ひとり戦う私の目から涙が滲んで溢れだし、目尻からこめかみへと流れ落ちた。すると肌への刺激がピタリとやみ、ベッドが軋んで、体の上から彼の気配が消えた。

恐る恐る目を開けると……滲む視界の中で、彼はベッドの縁に腰掛けていて、苦しそうに顔を歪《ゆが》めて私を見下ろしていた。

目が合うと、悲しげに微笑む彼。足元に追いやられていた毛布を私の体にかけてくれて、立ち上がるとなぜか、脱いだワイシャツを着始めた。

慌ててベッドの上に身を起こし、毛布で胸を隠しながら、その背中に問いかける。

「どうしてやめるの？」

「怖いんだろ？　無理させて、ごめん」

床に向けて言ったその言葉は低く小さく、彼の後悔が滲んでいるようだった。

「ち、違うの！　これは、初めてのことに対する不安からのもので、遼介くんのことが怖いわけじゃなくて……」

隠し切れなかった恐怖心。

それをごまかしたくて、身を乗り出して言い訳していると、ワイシャツを着終えた彼がまたベッドの縁に腰掛けて、私をそっと腕に抱きしめた。

「俺の役目はここまで。きっと紗姫が惚れた相手となら、震えることも泣くこともなく、セックスできると思うよ。だから、その相手を早く見つけないとな」

彼の腕の中で、目を見開く私。突然のことにショックを受け、聞き返す声が震える。

「それって……別れるということ？」

「別れるもなにも、俺は偽者の彼氏。その役目を下りて、ただの同期に戻るだけ」

「ま、待って！　遼介くんがいないと、私……」

彼が私のそばを離れるとどうなるか……それは想像にたやすい。

入社間もない頃のように男性社員のアプローチ合戦が始まり、デートや飲みに誘われる日々が続くのだろう。それに強い不安を覚え、慌てていた。

そんな私を腕の中に入れたまま、彼は耳元で諭すように静かな声で語りかけた。

「普通の恋がしてみたいと、前に言ったよね？　誘われたらデートしてみるといいよ。その中に紗姫と波長の合う奴がいるかもしれないし。もう男性恐怖症は治ったんだから、きっと楽しいデートができるはずだよ」

「で、でも……本当の彼氏ができるまで、そばにいてくれると言ったのに……」

「そうだね。紗姫が誰かを好きになるまではそばにいたいと思ってた。でも、ごめん。

俺も限界。望みのない恋をこれ以上続けると、心が壊れそう。俺はそんなに強くないんだ」

抱かれることさえできなかった私は、彼にあげられるものがなにもなくなってしまった。それでも心細くて不安で、これからもそばにいてほしいとワガママを言いたくなる。その身勝手な甘えの気持ちをぐっと押し込めると、また涙が溢れだし、彼のワイシャツの肩をしっとりと濡らしていった。

彼を解放してあげないと、いたずらに苦しめるばかりだとわかっている。それに、ほかの女性たちに対しても……。

今日の午後、給湯室で長谷川さんに言われた言葉をずっと気にしていた。

『好きじゃないのなら、早く別れてください。彼のことを、本気で好きな女性がたくさんいるんです。私もそのうちのひとりですけど……』

私が傷つけているのは遼介くんだけではなく、彼に真剣に恋する女性たちもだ。このままいろんな人を傷つけ続ける自分は嫌だから、笑顔で別れないと……。

彼の肩から顔を上げ、両目をゴシゴシこすって涙を止め、無理やり笑顔を作る。

「遼介くん、今までありがとう。普通の恋ができるかわからないけど、努力してみる。逃げずに周りの男性たちに目を向けてみる。だから、遼介くんも……」

『次の恋に向かってほしい』と言おうとしたら、胸の奥に鋭い痛みを感じた。それは一瞬だったが、ナイフで刺されたような痛みだった。

その痛みの理由がわからないうちに彼の腕が解かれ、ふたりの距離が開き……偽りの恋人関係は終わりを迎えた。

「見送りはいらないよ。明日からは、普通の同期として……ね……」

ぎこちない笑顔でそう言った彼は、ネクタイを拾い上げて寝室を出ていった。すぐに玄関ドアが開く音と閉まる音がして、その後は静寂に包まれる。

毛布を抱きしめたまま、声を出さずに泣いていた。

どうしてこんなに悲しいのだろう。彼を苦しめてしまったから？　なにもお返しできなかったから？　明日からの自分の身が心配だから？

それとも……。

カーテンの閉められていない窓から、月明かりが差し込んでいる。暗い室内をぼんやりと照らすその光は、ひどく侘《わび》しげで、支えを失った私の不安を投映しているかのようだった。

やっと恋に気づいたら

十二月十日、遼介くんと別れてからもうすぐ二ヶ月になる。街は来たるクリスマスムードに包まれ、恋人を求める人たちが積極的に行動していた。

もちろん、遼介くんの周囲でも……。

ライフサイエンス事業部のドア横のコピー機で、会議用資料をコピーしている私。それが終わり、Ａ４用紙の束を抱えて振り向くと、遼介くんと三年後輩の女子社員、平田《ひらた》さんの姿が視界に入った。

自分の席で仕事中の彼に、平田さんが近寄って話しかけている。

小声の会話はここまで聞こえないが、仕事の話だけでないのは見てわかる。彼の肩に彼女の手が乗る。顔を近づけて耳元でなにかを囁き、クスクスと笑っていて……それ以上見ていられずに、私は視線を逸らして自分のデスクに戻った。

二ヶ月ほど前の別れの後、交際を始めたときと同様に、別れた噂もあっという間に社内に広まった。

なぜ別れたのか、どちらから別れ話を持ち出したのかと、容赦ない質問が投げかけられた。

答えに困る私に代わり、遼介くんが『振られたのは自分で性格の不一致が原因だ』と笑顔で説明してくれた。

違うのに……どちらかというと、偽の恋人関係を解消させられたのは、私のほうなのに……。

『別れても俺の大切な同期だから、紗姫に意地悪したら許さない』ということも、女子社員たちにオブラートに包んで言ってくれた。おかげで彼という盾をなくしても、私はいじめられることなく平穏な毎日を過ごせている。

コピーした資料をステープラーでとめていたが、手を置いて小さなため息をつき、机の引き出しをそっと開けた。

取り出したのはステープラーの替え芯ではなく、小さな水色の紙箱。その蓋を開けると、中には布張りのコンパクトミラーと、おもちゃの指輪がしまわれていた。コンパクトミラーは、インド出張のお土産として遼介くんからもらった物。

あのときは私にだけ特別なお土産を買ってきてくれた理由がわからず、困っていたっけ……。

そしてこの透明プラスチックの花型の指輪は、遊園地デートのクジ引きで彼が取ってくれた物。

『いつか俺の奥さんになる日が来たら、本物の指輪を買ってあげるよ』そんなことを冗談めかして話していたことを思い出すと、胸の奥がズキズキと痛んだ。

寂しい……彼を失った心に、隙間風が吹き抜ける思いだ。そんなに昔のことじゃないのに、思い出の品を遠い過去の物のように感じるのは、四ヶ月ほどの交際期間が充実しすぎていたせいか、それとも別れた後のこの喪失感のせいなのか……。

思い出に浸った後は紙箱に戻し、大切に机の引き出しにしまった。

十一時からの会議まであと十五分。会議資料のステープラーどめという地味な作業の続きに戻ったが、意識がまた逸れて、いつの間にか机の上に並べたファイルの隙間から、遠い彼の席を覗き見ていた。

平田さんの姿は、もうなかった。真面目に忙しく仕事している彼の、髪と耳がチラリと見えるだけ。

平田さんは、新しい彼女ではない。私と別れて二ヶ月弱、その間、女子社員たちはアプローチ合戦を繰り広げているのに、なぜか遼介くんはそれをかわし続けているようで……。

以前の彼なら、告白されたら好きではない相手とも交際して、フリーの期間はほとんどなかったように思う。それなのに、どうして新しい彼女を作らないのか。

私のせいかもしれない。私がずいぶんと苦しめてしまったから、心が疲れて次に進めないとか、私に本物の彼氏ができるまでは、遼介くんも新しい彼女を作らないとか、そんな理由があるのではないかと勝手に推測し、心を痛めていた。

お互いに先に進まなければ、別れた意味がわからなくなるのに。そんな風に彼を心配する私も、上手く気持ちを前に向けられずにいるのだけれど……。

気を逸らしながらも作業を終えて、会議資料を手に立ち上がった。

時刻は十一時五分前。私の班の社員五人も一斉に立ち上がり、一緒に三階の小会議室へと移動を始めた。

これからマーケティング部の人たちと打ち合わせ。メンバーは私以外、全員男性だが、それを怖いと思わずに済んでいるのは、遼介くんのおかげに間違いなかった。

男性たちに囲まれて廊下を歩いていると、前方から他部署の男性社員がやってきた。彼は、すれ違う前に私に気づいてハッとする。それから話しかけようと口を開きかけていたが、私の周囲をほかの社員が囲んでいるのに気づくと、会釈だけして通り過ぎていった。

彼は広報部の、一年上の先輩社員で、ひと月前にデートした人。

遼介くんと同じように、この二ヶ月、私も異性のアプローチを受け続けている。別れの日に彼に言われた言葉を守ろうと、別々の男性と三回デートしてみた。

ひとり目は映画に、ふたり目はショッピング、そして今すれ違った広報部の彼は、私をフランス料理店に連れていってくれた。

好意を寄せてくれる男性たちに目を向けよう、デートを楽しもう、そう言い聞かせて臨んだのに、どれも残念な結果に終わったのは、私の心に問題があるせいだ。

映画は私の好きな純愛ものだったのに、前に遼介くんと観たコメディアニメのDVDのほうが面白かったと感じてしまった。ショッピングでは、デート相手に服を見立ててほしいと言われてメンズファッションエリアをうろついていたら、無意識に遼介くんに似合いそうな服ばかり選んでいた。

そして、広報部の彼との食事も、食べ慣れない高級食材ばかりで美味しくなかった。長野出張で立ち寄った祭りの屋台を思い出し、遼介くんと食べた焼きそばやイカ焼きを、もう一度味わいたいと思ってしまった。

デートを楽しめないのは私のせい。誘ってくれた男性たちには、心から申し訳なく思う。だから、もう行かない。周りの男性にも目を向けてみるという、彼との約束は守れそうになかった……。

会議を終えてライフサイエンス事業部に戻ってくると、十二時を過ぎていた。みんな昼休憩に入ったようで、数人がパラパラと残っているだけ。その中に桃ちゃんの姿もあった。『会議が長引いたら先にお昼に入っていいから』と断っておいたのに、私を待っていてくれたみたい。

そのことにお礼を言って、コートと財布を手に、ふたりで社屋を出た。

今日のランチの場所はうどん屋。冬の曇り空は今にも冷たい雨が降りだしそうで、こんな日は温かいうどんが食べたくなる。

桃ちゃんは鴨南蛮《かもなんばん》で、私はたぬきうどん。湯気立つ丼を前にふと思い出したのは、この店のこの席で、遼介くんと三人で笑っていた記憶。

あのときは夏だったから、冷たいうどんが美味しかった。会話の内容は……そうだ、私が遼介くんと友達になりたいと言ったら、『偽者でも俺は一応、紗姫の彼氏ね。わかってる?』そう言われたんだ。

今の私と彼の関係は、友達に近いものだろう。同期という繋がりで世間話もするし、この間は同期だけの飲み会にも、揃って参加した。夏のあのときに望んだ友達関係になれたのに、なにか違うと心が訴えていた。

どうしてこんなに、胸がモヤモヤするのだろう。どうして……どうして……。

うどんを一本ずつ啜りながら考え込んでいたら、「紗姫、聞いてる？」と桃ちゃんに言われた。ハッとして我に返り、聞いていなかったことを詫びて、もう一度話してもらう。

苦笑いした後に桃ちゃんは、「今日の帰り、飲みに行かない？　紗姫の誕生日だから、奢《おご》ってあげる」とニッコリ笑って誘ってくれた。

そう、今日十二月十日は、私の二十八歳の誕生日。男性社員数人から誕生日デートに誘われていたが、すべて断ったので退社後の予定はなかった。

桃ちゃんが祝ってくれることに喜びかけたが、すぐに思い直す。今日は金曜日で、桃ちゃんが彼氏とお泊まりデートする曜日だと知っているから。

そのことを伝えて、お礼とともにやんわりと断ったら、桃ちゃんは目を瞬かせる。

「デートというか、ただ彼氏がうちに泊まりに来ているだけだよ」

「うん、でも、彼氏さんに悪いから、桃ちゃんが嫌じゃなければ別の曜日に」

「もう八年の付き合いだから、お互いにワクワクして金曜を待っているわけじゃないよ。別に気にしなくていいのに」

「八年経つんだ。すごいね……」

そんなにも長い間、同じ人を好きでい続けられる桃ちゃんは、恋愛の大先輩のように感じる。付き合いたてと今とでは、気持ちに違いがあるのか、それとも変わらないのか気になり、「その辺を教えて?」と真顔で聞いてみた。

するると桃ちゃんは照れ臭そうにしながらも、話してくれる。

「最初の頃の熱い気持ちはないけど、好きは好きかな。なんていうか、今は穏やかで一緒にいるのが当たり前というか、いないと変というか」

『一緒にいて当たり前』とは、家族のような存在ということだろうか。だとすると、家族に対する愛情と恋人に対する愛情は、どう違うのだろう。そもそも愛ってなに？恋ってなに？　どういう気持ちのこと?

深く考えすぎて根本的な疑問にぶち当たった私は、それを身を乗り出して桃ちゃんにぶつけてみる。

そんなこともわからないのかと桃ちゃんに呆れられたが、教えてくれようとした彼女もまた答えに詰まり、私と一緒に考え込んだ。

「改めて聞かれると、難しい質問かも」

うどんを食べながらしばらく考えてくれて、数分後、やっと答えを教えてくれた。

「彼氏に対しては、一緒にいることで同じ経験をして気持ちを共有したいと思う。相手のためになにかしてあげたいと思うし、触れ合いたいと思う。それから……」

「それから？」

「あ、これは必須で、嫉妬の気持ち。八年付き合っても、自分以外の女に興味を示されるとムカつくよ。デート中に『あの子可愛い』とか言いやがったら、蹴り入れたくなる」

嫉妬……。

遼介くんと別れてからあまりにも寂しく感じるので、もしかしてこれが恋だったりして……と、疑問が頭をかすめたときもあった。でも今の桃ちゃんの話を聞いて、やっぱりそれは違うのだと判断する。彼には、新しい恋を始めてほしいと望んでいて、嫉妬の感情は湧いてこないから。

ふと窓の外を見ると、どこかの会社のＯＬとビジネスマンが、仲良さそうに歩いていた。手を繋いで笑顔でなにかを話している。

その光景は珍しくもなく、恋は街中に溢れているのに、このまま私のところにだけ訪れないのだろうか……。

腕時計の針は十九時を指していた。

一時間の残業後に退社すると、月のない黒い空から冷たい雨がサアサアと降っている。濡れたアスファルトの道に車や街灯の明かりが反射していて、その中を折りたたみ傘を広げて、足早に駅に向けて歩く。

今日はひとりぼっちの誕生日。このまま自宅に帰るのが寂しくて、電車でふた駅先の映画館にでも寄ろうかと考えていた。特に観たい映画はないけれど……。

駅前の大通りは街路樹がイルミネーションで彩られ、雨の中でも賑わっていた。金曜だから、これから飲みに行く人も多いのだろう。遊びに行く人と帰宅する人で、気をつけないと傘がぶつかるほどの混みようだ。

人の流れに乗って歩き、駅の構内まであともう少し。間口の広いこの駅の屋根の下まで来ると、みな一様に傘を閉じて、改札のほうへと吸い込まれていく。

私のすぐ前を歩いているのは、ひとつの紺色の傘を差した男女だった。私より先に傘を閉じたふたりの後ろ姿に、ハッとする。

遼介くんと平田さんだ……。

焦った私は改札を通ることなく、すぐ近くの丸い柱の陰に身を隠した。それからやっと傘を閉じ、早鐘を打ち鳴らす胸を押さえる。

午前中に平田さんが彼のデスクに寄って、なにかを耳元でヒソヒソと囁いていたことを思い出した。あれは、退社後のデートの相談でもしていたのだろうか？　私の存在に気づかれる前に、隠れることができたのはよかった。

深呼吸して焦りの波を引かせ、鼓動も落ち着かせた……と思ったら、またすぐに跳ね上がる。隠れているこの柱の、裏側までいかない場所から、ふたりの話し声が聞こえたからだ。

恐る恐る横を見ると、柱に背を預けるようにして立つ平田さんのコートの端が見え、向かい合って立つ遼介くんの片腕とビジネスバッグ、黒い革靴の片方が見えた。

ふたりは私より改札側にいるので、気づかれずに逃げるなら、また雨の中を出ていかなければならない。しかし映画館に行くつもりの私は、これから電車に乗らなければいけないし、どうしよう……。

映画を諦めて帰るか、遼介くんたちがいなくなるのを、ここで待つか……。それを決めかねている間、ふたりの会話を立ち聞きしてしまう状況に陥っていた。

「遼介先輩の傘に入れてもらえて、助かっちゃいました。お礼にこの後、食事に行きませんか？　私がごちそうします」

「傘くらいで後輩に奢ってもらうわけにいかないよ。ありがとう、気持ちだけもらっとく」

デートかと思ったが、どうやら違うみたい。たまたま帰りが一緒で、平田さんが傘を持っていなかったようだ。

でも、彼女が遼介くんを狙っているのは誰が見ても明らかなので、もしかすると作戦かもしれないと勘ぐった。

食事の誘いを断られても、平田さんは食い下がる。

「実は仕事のことで相談が……食事じゃなくてコーヒー一杯でもいいので、お時間もらえませんか?」

「んー、今日は用があって。ごめん、月曜に会社で聞くから」

「遼介先輩、さっき、この後まっすぐ帰るだけだと言ってましたよね?」

「あ、ああ~言った……よな。ごめん、正直言うと、最近調子悪くて。女の子とふたりで出かけても気を遣う余裕がないから、不快にさせそう。だから、ごめんね」

申し訳なさそうに謝るその声からは、困っているのが感じ取れる。

立ち聞きしている罪悪感と緊張の中、なぜか私は安堵していた。

断ってくれてよかったと、ホッとするのはなぜだろう? 頭では彼も私も先に進むべきだと考え、新しい彼女を作ってほしいと思うのに、心ではなぜかよかったと安心している。それはどうして……。

答えが出なくて、思考の中に沈み込もうとしていた。すると、それを遮るかのように、またふたりの会話が始まったので、すぐに意識がそちらに持っていかれる。

「私じゃダメってことですか？　気を遣ってくれなんて言ってません。隣に先輩がいてくれるだけで嬉しいのに、不快になんかなりません。片想いでいいから、付き合ってください」

「ありがとう……。でも、すぐに苦しくなるからやめたほうがいい。片想いってキツイよな……。俺、今まで付き合ってくれた女の子たちに、ずいぶんひどいことしてたんだと、やっと気づいたところ」

「……紗姫さんのこと、まだ好きなんですね。それでもいい。苦しくなってもいい。遼介先輩、お願いします！」

「平田さん……」

胸が締めつけられるように苦しくて、濡れている折りたたみ傘を抱きしめていた。

平田さんの恋を邪魔しているのは、私みたい。ふたりがいるほうを横目で見ると、深々と頭を下げている彼女の髪の毛と、ベージュのコートの腕が少し見えた。

遼介くんは同じ姿勢のままで立っている。

人の多い駅構内で、告白する勇気がすごい。いや、周囲の目が気にならないほど、彼女は必死なのだろう。

健気な彼女に同情する気持ちが芽生えても、応援する気持ちにはなれなかった。心の中に不安がムクムクと湧いてくる。優しい彼のことだから、こんなに一生懸命に頼まれたらＯＫするのではないだろうか？　平田さんと付き合うのではないだろうか？嫌だ……ほかの女の子と仲良くする彼を見たくない……。

唐突に心が嵐のように吹き荒れ、不安や怒り、悲しみといった負の感情が竜巻のように胸をかき乱す。どうしてこんなに嫌なのだろう。先に進んでほしいと願っていたはずなのに。

戸惑い苦しむ私の耳に、遼介くんの少し低い声が届いた。

「平田さん、聞いて……。今の俺は疲れていて、女の子に優しくできないと思う。期待することを、してあげられる自信もない。きっと君を泣かせることになる。それでも――」

彼の言葉の途中で耳を塞いだのは、続きを聞きたくないと思ったから。『それでもいいなら、俺と付き合ってみる？』そんな言葉が続きそうな気がして、心の中で『やめて！』と大声で叫んでいた。

必死に耳を塞いでいたら、小脇に抱えた折りたたみ傘が滑り落ちてしまう。足元でガシャンと大きな音が響き、『しまった』と思ったときには遅かった。

「紗姫⁉」と遼介くんに呼ばれて、ビクンと肩を揺らした後は、傘も拾わずに慌てて柱を離れ、駅の屋根の下から雨の中に飛び出した。

全力で走りながら、激しい後悔に襲われる。

なんで映画なんか観ようと思ったのだろう。なんで立ち聞きなんてしたのだろう。なんでもっと早く、あの場を離れなかったのだろう。

しかし最も大きな後悔は、別のところにあった。

……なんで遼介くんに恋していると、気づかなかったのだろう。

涙が溢れて流れ落ち、雨とともに頬を濡らす。荒れ狂う心の中に、ようやく嫉妬の感情を見つけ出していた。

私、とっくに遼介くんに恋していたんだ。目の前でほかの女性に持っていかれるまで、その気持ちがわからなかったなんて、私はどれだけマヌケなのだろう……。

駅前の人波をかき分けるように走り抜け、近くを流れる川のほうへ向かっていた。どこかで思い切り泣きたかった。整備された河原はレンガ造りの遊歩道になっていて、散歩やジョギングをする人の多い場所だ。でも、こんな雨の夜には誰もいないだろうと思い、そこまで全力で走る。

橋を渡り、河原の遊歩道へと続く階段を、ブーツの踵《かかと》を鳴らして駆け下りる。冬枯れした土手の草木に、街灯に照らされる濡れた赤レンガ。流れの遅い水面に雨が打ちつけ、波紋が広がっては消えてを繰り返していた。

勢いあまって川沿いの柵にぶつかり、ようやく足を止めた私は、乱れる呼吸の中で呻くように泣いていた。やっと気づいた恋心が大きく膨らみ、制御できないほどに彼への想いで胸がいっぱい。それと同時に、大きな喪失感を味わって、胸が張り裂《さ》けそうに苦しい。

気づくのが遅すぎた。

この後、彼は平田さんとデートするのだろう。食事に行ってから、彼女の家にも行くかもしれない。手を繋いで、キスをして、ベッドで抱き合うかもしれない。

嫌だ……遼介くん、ほかの女性に触れないで……。

強くなる雨足が、川を、レンガを、私を打つ。

雨音と自分の泣き声しか聞こえない……と思った直後、私の名を呼ぶ遼介くんの声が聞こえた気がした。

ハッとして振り向いたが、土手の向こうに雨にかすむビル群と、道路を走り抜ける車のヘッドライトが見えるだけで、誰もいない。

彼を恋しく思うあまりの幻聴かと呆れて、悲しみの量が増してしまった。しかし、すぐにまた聞こえてきた。

「紗姫っ！」

今度は近くにハッキリと。黒いハーフコートのシルエットが階段を駆け下りてくるのが見えて、私は目を見開いた。

追ってきたの？　どうして……平田さんの告白をＯＫしたはずでは……。

苦しみの中では、追ってきた理由を、いいほうに解釈できなかった。新しい彼女ができたことを報告するためだろうかと考えて、聞きたくないと心が悲鳴をあげていた。

思わず逃げ出したら、ほんの少し走ったところで追いつかれ、後ろから腕を引っ張られる。

バランスを崩し、地面に向けて傾く体。衝撃を覚悟して固く目をつぶったが、転んだのになぜか痛くない。目を開けると彼の腕の中にいて、仰向《あおむ》けに倒れた彼の体の上に乗っていることに気づいた。

慌ててレンガに手をついて、上半身を持ち上げる。

「遼介くん、大丈夫!?　怪我《けが》してない!?」

「平気。捕獲に失敗して……いや、捕まえたから成功か」

彼の両手は、私の腕と腰を逃すまいと捕らえている。

これ以上は逃げられないことに気づいて、焦りの中で私は目を泳がせた。

心が壊れそうだけど、どうやら今、聞かなければいけないみたい。新しい彼女ができたという報告を。

悲しくてまた涙が溢れてきた。震える声で自分から、痛みを口にする。

「立ち聞きしてごめんね。平田さんと付き合うんでしょ？　前に進めてよかったね」

よかったと思えなくても、そう言うしかなかった。遼介くんを好きだと気づいても、もう遅い。散々振り回して傷つけて、やっと私から抜け出せた彼に、今さら告白する勇気はない。

しかし、クスリと笑う彼に「違うよ」と言われる。

「最後まで聞いてなかったの？　断ったのに」

「え……？」

「気持ちがないのに付き合っても、平田さんはいつか泣くことになる。それでもいいと彼女が言っても、俺が嫌だ。紗姫の偽の彼氏役が想像以上にこたえたからさ……同じ思いをさせたくないよ」

断ったんだ……。てっきりＯＫしたものだと思っていたのに……。

安心した途端に、今までとは違う意味で泣けてきた。彼は私を足の上に乗せたままで上半身を起こすと、強く抱きしめてくる。その背に私も腕を回した。

黄色い街灯の光が、びしょ濡れで抱き合う私たちを、ぼんやりと照らしている。

子供みたいにしゃくり上げて泣き続ける私の耳に、彼の甘い声が響いた。

「俺、今、すごい期待してるんだけど。この予想、合ってるのかな……。涙の理由を教えてくれる?」

「うん……」

震える涙声では、どこまで伝えられたかわからないが、別れてから感じていたことを一生懸命に言葉にした。

寂しくて、思い出の品を引っ張り出して眺めていたこと。ほかの男性とのデート中でも、遼介くんのことばかり考えていたこと。それでもまだ自分の気持ちがわからず悩んでいたが、さっき激しい嫉妬に襲われて、やっと気づいたこと。

「私、遼介くんに恋してる」

生まれて初めて告白した後、耳元に聞こえたのは深い安堵のため息だった。

痛いほどに強く抱きしめられ、「やっと手に入れた……」と吐息交じりに囁く彼。

少しだけ体を離して見つめ合った後は、磁石が引き合うように唇が重なった。

舌を絡めて、夢中で彼を味わう。冷たい雨に打たれてもなぜか体はどんどん熱くなり、今まで欠落していた女としての欲が泉のように湧いていた。

もっと、もっと深いキスを……。

そんな気持ちになっていたのに、突然唇が離されて、上気した顔の彼に言われた。

「今夜こそ、紗姫を抱きたい」

瞬時に顔に熱が集中する。恥ずかしくてたまらないが、目を逸らさずに頷いて、小さな声で返事をした。

「私も……抱いてほしい……」

日付けが変わる頃。二ヶ月前に別れたベッドの上に、裸で抱き合う私たちがいた。

「この前は、優しくする余裕がなくてごめん。紗姫の気持ちがわかったから、今日の俺は大丈夫」

「うん」

「怖くなったら我慢しないで言って。明日は休みだし、ひと晩かけてもいい。ゆっくりと優しく抱くから」

その言葉通り、遼介くんは私の気持ちを確かめながら優しく触れて、ひとつひとつの行為に時間をかけてくれた。

おかげで不安に思うことも震えることもなく、身を任せていられる。包み込むように胸を触られ続けていると、それを気持ちいいと感じるようになってきた。

私の反応を見ながら、触れる場所を徐々に下げていく彼。気づけば甘い声が口から漏れていた。優しいだけじゃなく、もっと強く触れてほしくなる。

足を広げられ、洗いざらしの彼の髪が内ももをくすぐる。

頭が真っ白になるほどの快感を与えられた後は「遼介くんが欲しい……」と、欲求が口をついて出ていた。

彼が口にくわえたのは、前回使ってもらえなかった、銀色の天使のパッケージ。歯で封を破く姿に、鼓動が振り切れそうに高鳴った。私にも、女性としての正常な欲情が備わっていたみたい。恋を自覚することで、こんなにも自分が変われるものかと驚いていた。

「力抜いてね、行くよ」

大好きな遼介くんとなら、怖くない。もっと近づきたいから、早く私の中に入ってきて……。

初体験が終わったのは、明け方近くのことだった。疲れてウトウトしかけたら、体

に回されていた腕が解かれ、彼がベッドから下りようとしたので、ハッと目を開けて
その手をつかんだ。

「どこに行くの？」

帰ってしまうのではないかと不安になったのだが、違うみたい。

優しく微笑み「待っていて」と言った後、彼は寝室を出ていって、すぐに戻ってきた。その手には、赤いリボンのついた小さな白い箱が。

「誕生日プレゼント」と手渡されて驚き、ベッドに身を起こした。昨日までただの友達に戻っていたのに、どうしてプレゼントを用意していたのだろうと不思議に思う。

ベッドの上であぐらをかいた彼は、苦笑いして教えてくれた。

「それ、偽の彼氏を続けていたときに買った物なんだ。紗姫に似合いそうだと衝動買いして……。で、別れたから渡せなくなってたんだけど、未練がましく持ち歩いてた。すげー恥ずかしいことしてるよな、俺」

「そうだったの……。恥ずかしくないよ。すごく嬉しい。ありがとう」

リボンを解いて紙の箱を開けてみると、中にはまた箱が。それはどう見ても指輪ケースで、胸を高鳴らせてケースを開いたら……水色の小さな石がついたシルバーリングが入っていた。石の台座が花型なので、遊園地でもらったおもちゃの指輪の本物バー

ジョンみたいだ。

「素敵」と呟いて見つめていると、彼はケースから指輪を取り出して、私の右手の薬指に通してくれた。

「サイズ直せると言われたけど、どう？」

「ちょうどいいよ。このデザインと色、すごく好き。大切にするね」

「いつか、もっと高級な指輪を贈るから」

「え？　そんなのいいよ。これ本当に気に入ったし、サファイアだよね？　充分、高級だよ」

心から嬉しく思うので、彼の申し出を深く考えずに断った。

すると、なぜか不満そうな顔をする遼介くん。

私をベッドに押し倒し、「鈍いよな」と文句を言う。

私の上に覆い被さる裸の彼にドキドキしながらも、言葉の意味がわからず、「どういうこと？」と聞いてみた。

「教えない」

「どうして？」

「どうしても。そのときが来たらわかるから、待っていて。紗姫、愛してる」

フッと優しく微笑んでから、唇が重なった。

よくわからないけれど、いつかわかるらしいから、その日を待つことにしよう。指輪と愛の言葉と、甘いキスに浸りながら、私は幸せの中で目を閉じた。

いつかはフラワーロード

遼介くんと本物の恋人になって、もうすぐ三ヶ月になる。三月初旬の風はまだ冷たくても、マンション横の桜のつぼみは膨らみかけていて、開花が楽しみだ。

今日は月曜日で、マンションから遼介くんと並んで出社する。というのは、土日、彼がうちに泊まったからだ。

週末はデートをして、一緒に料理を作って食べて、夜はベッドで彼の腕の中。交際は順調で毎日が華やいでいるけれど、今朝は少し寝不足であくびをしてしまう。

昨夜は三回戦にまで突入し、なかなか寝かせてもらえなかったから……。

会社までの徒歩十五分の道のりで、部署異動について話していた。

春は異動の季節。私たちは入社以来、同じ部署にい続けていて、そろそろ異動辞令が下されそうな気がしている。

社屋前の赤信号で足を止めた彼が言う。

「俺、海外出張がない部署は嫌だな。見知らぬ文化圏に行くのが好きなんだよね。異動するとしても、それは外せない」

月に一、二度は海外に行く彼。変化の少ない仕事に慣れている私には、それが大変そうに思えるのに、彼は楽しいらしい。

そのアクティブさに感化され、私も自分の世界を広げたいと思うようになっていた。もう泣いて怯えるだけの私じゃない。男性恐怖症も完全に克服できたことだし、保守的だった過去の自分から抜け出して、そろそろ新しいことにチャレンジしたい。異動願いは出さなかったけれど、辞令が下されたら前向きに新しい仕事に取り組みたいと思っていた。

信号が青に変わり歩きだす。「今、そんな気持ちだから、異動になっても私はいいかな」と、気持ちの変化を伝えたら、なぜか彼は不満顔。

「ポジティブなのはいいけど、俺のことは？　部署が分かれたら、寂しいと思うのは俺だけ？」

「それは私も寂しいよ。でも今もチームは一緒じゃないし、部署異動したって同じ社屋だよ」

遼介くんは主に仕入担当で、私は卸売担当。なので仕事は被らない。同じ部署といっても仕事中の接点は薄く、部署異動になってもあまり変わらない気がしているのは、私だけだろうか。

それに退社後や週末は一緒に過ごしているんだし、私はそれで充分なのに……。

社屋に入り、他部署の同期に「仲いいね」と冷やかされつつ、ライフサイエンス事業部に着いた。

それぞれの席へと、離れる私たち。始業の準備を始めると、遠い彼の席に数人が集まっているのが見えた。

相変わらず遼介くんはモテている。私たちがよりを戻したことを全員が知っていても、女子社員たちはチャンスを狙って接近してくる。

あの雨の日に私が告白を邪魔してしまった平田さんも、そのひとり。仕事の相談という口実で、遼介くんを誘う姿をたまに目にしていた。

もちろん遼介くんは、社外でふたりきりになったりしないけれど。

総務部の長谷川さんには、『私も遼介くんが好きだと気づいてよりを戻すことになりました』と、自分から伝えに行った。変に絡まれる前に先手を打とうと考えてのことだ。そうしたら、なぜかすごく喜ばれた。

長谷川さんの気持ちは今も理解に苦しむ。でも、遼介くんの幸せを願っていることだけは伝わってくる。彼女は決して嫌な人ではなく、私に敵意もないようで、もしかするとこの先、友達になれたりして……そんな考えを桃ちゃんに話したら、『やめときな』と眉をひそめられたけれど。

長谷川さんは例外として、平田さんたち、遼介くんに好意を寄せる女子社員にしたら、私は邪魔者に違いない。それでも遼介くんが笑顔で守ってくれるから意地悪されることはなく、ときどき羨ましそうな目で見られる程度で済んでいる。

そんな風に今の私は人間関係に悩むことなく、交際も順調で、穏やかに楽しい毎日を過ごしていた。

それなのに……少しだけ不満があった。それは今みたいに、彼の周囲に女性がウロウロしていると嫌な気持ちになるからだ。部署異動に前向きなのは、この嫉妬心から逃れたいという気持ちも影響しているのかもしれない。

朝礼が始まると、賑やかだったフロアの空気がピンと張る。週始めの月曜は特に、指示や連絡事項が多いから、聞き漏らさないようメモを取る。

およそ五分間の朝礼が終わろうというとき、課長が遼介くんの名前を呼んだ。

「この後、ミーティング室に行ってくれ。人事部長が来るから」

異動辞令前の内示が来た……。

どうやら私ではなく、遼介くんが異動になるみたい。

途端にざわつくフロア。どこの部署への異動なのかとヒソヒソ話す声や、女子社員たちの残念そうなため息も聞こえてくる。

立ち上がった彼も浮かない顔。今朝、海外出張のない部署は嫌だと言っていたことを思い出していた。それと、私と離れるのが寂しいと言っていたことも……。

ミーティング室はこの部署の隅にある、パーテーションで区切られたスペースで、そこへ向かう途中の彼と目が合うと、少しだけ笑顔を見せてくれた。


朝礼が終わったのでそれぞれに仕事を始めるが、私を含めた誰もがミーティング室に意識を向けていた。

さっき、人事部長ともうひとりが入っていったところ。今頃、遼介くんに四月からの異動について説明しているはず。

辞令書が貼り出されるまでは、一応他言してはならないことになっているので、聞き耳を立てに行くわけにもいかず、みんな遠巻きに注目しているだけ。

数分して人事部長ともうひとりが出てきて、すぐにうちの部署から出ていった。

不安な面持ちでミーティング室を見つめる。

遼介くん、どこへの異動を命じられたのだろう？　離れてしまうとしても、せめて彼の希望に沿った部署だといいけれど……。

正式に発表になるまで聞いてはいけないとわかっていても、気になって仕方ない。周囲を気にしつつミーティング室に入ると、光が差し込む窓辺を向いて立ち尽くす、彼の背中が見えた。

「遼介くん」

振り向いた彼は困り顔。明らかに希望に沿う異動ではなかったのが、見て取れる。もしかしたら、国内出張さえもない部署なのだろうか？　総務や経理、システム管理部とか……。

いつもの彼は私に不安を与えないよう、無理にでも笑顔を作る人。しかし今はそれができないようで、顔をしかめて低い声で言った。

「異動というか……『シンガポールで支店を立ち上げてくれ』と言われた。インド東南アジア地域の仕入拠点を作るそうだよ」

それって……。

海外に支店がないことが、問題視されているのは知っていた。仕入れのたびに本社から現地に価格交渉に向かわせるのは、出張経費がかさむ。新たな取引先が増え、うちの部署以外でも、仕入先に拠点が欲しいという声が出ているそうだ。

つまり、仕入専門部署としての支店をシンガポールに立ち上げることが決定し、その責任者に遼介くんが抜擢されたということで……。

『マスコ化成株式会社、シンガポール支店長に任命する』これが下された内示だ。

支店長というと、うちの会社では部長と課長の間ぐらいの位置付けだ。係長から一気に昇進することに驚き、興奮していた。

「遼介くん、すごい！　立ち上げからすべてを任されるなんて、さすがだね！」

能力の高い彼なら、きっと上手くやるだろう。しかも海外暮らしが始まるし、出張するより望むかたちでの仕事ができるのではないだろうか。

遠距離になるのは寂しいけれど、その気持ちを今は出してはいけない気がして、はしゃいでみせた。しかし、「おめでとう！」と彼の昇進を祝う私に対し、彼が少しも嬉しそうでないのが気になった。

「どうしたの？」

心配になり聞いてみると、天井を仰ぎ見る彼。その口からはため息とともに、後ろ向きな言葉がこぼれ落ちた。

「俺……無理だ」

「だ、大丈夫だよ！　遼介くんの実力なら、きっと支店長を務められると――」

「違う。遠距離恋愛は無理」

私に視線を戻した彼は、怖いくらいに真顔だった。

仕事面ではなく、私との恋愛を不安視しているのだと知り、途端に心が大きく乱される。

それなら、どうするというの？　まさか、『別れたい』と言うのでは……そんな予感に泣きそうになる。すると、手首を握られた。

唇を引き結び、なにかを決意したような顔で、私を引っ張るようにして、彼はミーティング室を出て駆けだした。周囲の視線が一斉に私たちに向けられて、「遼介？」と問いかける桃ちゃんの声も顧みず、彼は通路を走るだけ。

なにがなんだかわからない私も、引っ張られるままに一緒に走っていた。

うちの部署から出て、廊下を駆ける。前方に、隣の部署から出てくる人事部長の姿が見えた。

遼介くんに内示を伝えた後、隣の部署の誰かにも異動の説明をしていたみたい。

遼介くんは階段の手前で人事部長に追いつき、呼び止めた。

私は隣で戸惑うばかり。一体、なにを話す気か……。

遠距離恋愛が無理だと言われて、さっきは別れを切り出されるかと焦ったが、どうやら違うみたい。まさか、この昇進と異動を断る気では……今はそんな不安と心配が湧いていた。

人事部長はいかつい顔と体型の五十代の男性。なんとなく怖いイメージを抱いてしまうのは、彼が社員の運命を左右する権限を持っているからだろう。

気後れしている私に対し、遼介くんは人事部長と目を合わせ「お願いがあります」と切り出した。

「なんだね?」

「支店に連れていくメンバーを、選ばせていただけないでしょうか? いえ、ひとりだけ。彼女を……横山紗姫を連れていきたいです。お願いします」

驚いて、彼の横顔をマジマジと見た。

この人事を受け入れて、『遠距離恋愛も別れるのも嫌だ』と言うなら、確かに私を連れていくしか方法がない。

しかし、私には海外出張経験がなく、仕入れの知識も乏しいから即戦力にはなれない。第一、そんな身勝手な注文を、会社に突きつけていいものか……。

手首を握っていた彼の手は、一度離されてから私の手を繋いだ。

人事部長は私たちの手にチラリと視線を落とし、顔をしかめた。

「残念だが、メンバーに彼女は入れていない。立ち上げは少数精鋭でいかないと。君と同じ海外経験の豊富な人員のみを選んでいる。横山、しっかりしてくれよ。公私混同で務まるような優しい仕事じゃないぞ」

言われたことはもっともで、遼介くんでも言い返すことはできないだろうと思ったが……。彼は強気な視線を向けたまま、人事部長との距離を半歩詰めて切り返した。

「それならば、彼女を連れていける理由を、すぐにでも作ります」

私を連れていける理由？『これから海外出張に行って実績を作ってきて』と言われたらどうしようと思ったが、そうではなかった。

訝しむ人事部長の前で、私に向き直ると、彼は一度深呼吸する。それから廊下に響くような、よく通る声でハッキリと言った。

「紗姫、俺と結婚して。四月までに」

緊張した面持ちからは、有無を言わせぬような、彼らしくない強引さが見て取れた。

「え……ええっ⁉」

「夫婦の勤務地を一緒にする社内規定があるだろ。それを利用すれば離されずに済む。今月中に、なるべく早く入籍しよう」

驚きすぎて口をあんぐりと開けたまま、言葉が出てこなかった。やっと恋を知ったのはおよそ三ヶ月前で、その方面ではかなり遅咲きの私。結婚なんて、もっとずっと先にあるものだと思っていた。それが、今月中って……。

気づけば周囲に人垣が。大きな声のプロポーズは、どうやら隣の部署やうちの部署までも届いていて、興味津々《しんしん》な社員たちを集めてしまったみたい。

歓声と拍手まで聞こえてきて、私の顔はきっと完熟トマト並みに赤く染まっていることだろう。恥ずかしさに逃げ出したくなったが、繋がれている手を引っ張られ、腕の中に抱きしめられた。

「逃がさない。もう二度と紗姫と離れるのは嫌なんだ。お願い、聞き入れて」

「で、でも、急すぎて……」

「勢いで言ったんじゃないよ。口にしたのは急でも、ずっと前から考えてた。六年前は憧れの気持ちで漠然と夢見ていて、その後は想いが増すばかり。最近はいつプロポーズしようかと具体的に考えてた。まさか、こんなかたちになるとは思わなかったけど」

六年前の入社のときから、私との結婚を夢見ていたの……?

その想いの強さに心打たれる。愛される喜びに胸が熱くなると、片時も離れたくないという想いが、私の中にも大きく膨らんでいく。

入籍までの日にちなんて、どうでもいいんだ……。大切なのは、一緒にいたいという気持ちで、この腕の温もりなんだ……。

突然のプロポーズに驚いた後は、感極まって泣いてしまった。滲む視界の中で、声が震えないように気をつけて、返事をする。

「私も離れたくない……。遼介くんと、結婚します」

私が答えている間だけ廊下は静まり返っていたが、直後にワッと歓声があがり、拍手や祝福の言葉で一気に賑やかになった。

強く抱きしめられて、スーツの肩に目を押し当てると、耳元に「ありがとう」と、ホッとしたような声が聞こえた。

残すは、人事部長がなんと言うのか……。

彼の腕の中で顔を上げ、恐る恐る横を見る。

周囲のお祝いムードが後押ししてくれたおかげか、人事部長の表情から厳しさが消えていた。頭をポリポリとかいて、苦笑いまでしている。

「あー、そういうことなら、ふたりで行ってもらうしかないな。その代わり、横山、必ず成功させてくれよ」

「はい。全力でやり遂げるとお約束します」

「頼むぞ。いや、しかし、参ったな。最近の若い奴らは、意外と熱いな……」

人垣をかき分けて、人事部長は階段へと去っていった。

それを見送ってから彼のほうに顔を戻すと、直後にもらった熱いキス。

りょ、遼介くん!?

みんなが見ている前でのキスは恥ずかしすぎて、鼓動が爆音を響かせる中、私はたただ慌てふためくばかり。耳には冷やかしや歓声や女子社員たちの悲鳴まで聞こえてきて、思わずスーツの胸を押す。けれど逆に腕に力が込められ、より強く抱きしめられただけ。キスもさらに深くなっただけだった。

究極の恥ずかしさを感じるけれど、涙が溢れて止まらないのは、それ以上に嬉しいからだ。同時に未来が楽しみで、期待に胸が膨らんでいく。

唇を合わせながら、心の中で話しかける。

ねぇ、遼介くん……ふたりで歩む道には、どんな花が咲くのだろう？　いつか振り返ったときに、その道が……花いっぱいになっていたら嬉しいね。

【完】

あとがき

この作品をお手に取ってくださったみなさまに、深く感謝申し上げます。

男性恐怖症の美人ＯＬ・紗姫と、明るい人気者で社内のエース・遼介の恋をお楽しみいただけましたでしょうか？

紗姫の性格を臆病にしたため、ジレジレとした展開で、きっと読者のみなさまをヤキモキさせたことと思います。でもその分、両想いになるシーンでは、『やっと！』という思いでホッとしつつ、壁を乗り越えてひとつになったふたりの甘い展開に、どっぷりと浸っていただけるのではないかと……そんな期待を込めて書き上げました。

この作品は、小説サイト『Berry's Cafe』で公開しながら執筆しておりました。たくさんいただいた温かい感想の中に、『この物語は紗姫の男性恐怖症の克服というより、遼介の成長がテーマになっているのでは？』というお声がありまして、『なるほど！』と納得させられました。

紗姫も成長したけれど、遼介も最初とはかなり変わりました。人気者で恋人の絶えることがなかったモテ男も、本気の恋をして迷い、悩み苦しんで、内面もいい男に成長してくれたように思います（多分……）。

私が今までに書いたオフィスラブは上司とのものばかりでしたので、同期との恋愛は主人公もヒーローも、ふたりとも伸びしろがあり、大きく成長させられるところが新鮮で魅力的でした。

いつか機会があれば、また同期との物語を書きたいと思っております。

最後に、作家担当の倉持様、今作の編集を担当してくださった説話社の額田様、アドバイスの数々に感謝いたします。文庫化にご尽力くださった多くの関係者様にも、厚くお礼申し上げます。

とても素敵なカバーイラストを描いてくださった椎名菜奈美様、かねてよりイラストの大ファンでしたので感激です！

そして、この文庫をお買い求めくださった皆様、連載中に応援してくださったサイト読者様、本当にありがとうございました。

いつかまた、ベリーズ文庫でみなさまにお目にかかれますように……。

藍里《あいさと》まめ

藍里まめ先生への
ファンレターのあて先

〒104-0031
東京都中央区京橋1-3-1
八重洲口大栄ビル7F
スターツ出版株式会社　書籍編集部　気付

藍里まめ先生

本書へのご意見をお聞かせください

お買い上げいただき、ありがとうございます。
今後の編集の参考にさせていただきますので、
アンケートにお答えいただければ幸いです。

下記URLまたはQRコードから
アンケートページへお入りください。
http://www.berrys-cafe.jp/static/etc/bb

この物語はフィクションであり、
実在の人物・団体等には一切関係ありません。
本書の無断複写・転載を禁じます。

モテ系同期と偽装恋愛!?

2017年2月10日　初版第1刷発行

著　者　藍里まめ
©Mame Aisato 2017
発行人　松島 滋
デザイン　カバー　根本直子（説話社）
フォーマット　hive&co.,ltd.
DTP　説話社
校　正　株式会社　文字工房燦光
編　集　額田百合　三好技知（ともに説話社）
発行所　スターツ出版株式会社
〒104-0031
東京都中央区京橋1-3-1　八重洲口大栄ビル7F
TEL　販売部　03-6202-0386（ご注文等に関するお問い合わせ）
URL　http://starts-pub.jp/
印刷所　大日本印刷株式会社

Printed in Japan

乱丁・落丁などの不良品はお取替えいたします。
上記販売部までお問い合わせください。
定価はカバーに記載されています。

ISBN 978-4-8137-0206-1　C0193

ベリーズ文庫 2017年2月発売

『王太子様は無自覚!?溺愛症候群なんです』 ふじさわさほ・著

大国の王太子と政略結婚することになった王女ラナは、輿入れ早々、敵国の刺客に誘拐される大ピンチ！　華麗に助けてくれたのは、なんと婚約者であるエドワードだった。自由奔放なラナとエドワードはケンカばかりだったが、ある日イジワルだった彼の態度が豹変!?　「お前は俺のものだ」と甘く囁き…。

ISBN 978-4-8137-0203-0／定価：本体620円＋税

『イジワル同期とスイートライフ』 西《にし》ナナヲ・著

メーカー勤務の乃梨子は、海外営業部のエースで社内人気NO.1の久住と酔った勢いで一夜を共にしてしまう。久住に強引に押し切られる形で、「お互いに本物の恋人ができるまで」の"契約恋愛"がスタート！　恋心なんてないはずなのに優しく大事にしてくれる久住に、乃梨子は本当に恋してしまって…!?

ISBN 978-4-8137-0204-7／定価：650円＋税

『強引なカレの甘い束縛』 惣《そう》領《りょう》莉《り》沙《さ》・著

七瀬は、片想い相手で同期のエリート・陽太から「ずっと好きだった」と思わぬ告白を受ける。想いが通じ合った途端、陽太はところ構わず甘い言葉や態度で七瀬を溺愛！　その豹変に七瀬は戸惑いつつも幸せな気分に浸るけれど、ある日、陽太に転勤話が浮上。ワケあって今の場所を離れられない七瀬は…?

ISBN 978-4-8137-0205-4／定価：640円＋税

『モテ系同期と偽装恋愛!?』 藍里《あいさと》まめ・著

男性が苦手なOLの紗姫は、"高飛車女"を演じて男性を遠ざけている。ある日、イケメン同期、横山にそのことを知られ「男除けのために、俺が"仮の彼氏"になってやるよ」と突然のニセ恋人宣言!?　以来、イジワルだった彼が急に甘く優しく迫ってきて…。ドキドキしちゃうのは、怖いから？　それとも…?

ISBN 978-4-8137-0206-1／定価：630円＋税

『エリート医師の溺愛処方箋』 鳴《なる》瀬《せ》菜《な》々《な》子《こ》・著

新米看護師の瑠花は医師の彼氏に二股され破局。ヤケ酒を飲んでいたバーで超イケメン・千尋と意気投合するも、彼はアメリカ帰りのエリート医師で、瑠花の病院の後継者と判明！　もう職場恋愛はしないと決めたのに、病院で華麗な仕事ぶりを披露する彼から、情熱的に愛を囁かれる毎日が続き…!?

ISBN 978-4-8137-0207-8／定価：640円＋税

書店店頭にご希望の本がない場合は、書店にてご注文いただけます。